占領下のトカラ

北緯三十度以南で生きる

Handa Masao
半田正夫［語り］
Inagaki Naotomo
稲垣尚友［著］

◉弦書房

装丁＝毛利一枝

〈カバー表・写真〉
沖掛りしている定期船に通うハシケ舟。
〈カバー裏・写真〉
右＝テゴ（背負いカゴ）に鎌を入れ、燃料用の竹伐りに向かう。
左＝高倉。本来は穀物備蓄用であるが牛小屋にもなる。
＊写真は三点とも森本孝撮影（昭和五十一年）

目次

III 開拓行政……83

本文イラスト＝稲垣尚友

【凡例】

・本文中、〈証言〉～〈証言了〉ではさまれた語りことばは半田正夫さんの発言を示している。

・半田正夫さんは証言の中で、一人称を「わたし」と「わし」を使っているが、その使い分けのおおよその基準は、「わし」は気持ちが高揚してきて、舌の回りが早くなったときであり、「わたし」は冷静さが先に立っていて、早口ではないときのコトバである。ただし、さほど厳密な使い分けをしているとは言いきれない。

・現在の普通語では「ワ」行音が消滅しつつあるが、十島村では現存している。例えば、魚名の「トビウオ（飛び魚）」は「トビウヲ」と発音する。奄美や沖縄ではより広範囲に「ワ」行音が使われている。「イインカイ（委員会）」の中の「カ」は「イインクヮイ」と明確にワ行音で発音する。また、半田さんの使用するコトバは中之島のものと、鹿児島本土のものとが混ざり合っている。与論島のコトバは少ない。

・証言のなかには、現在の自然保護の意識からかんがみて、不適切と思える表現がある。例をあげると、戦後間もない時期にはウミガメの肉や卵は貴重な食料であり、保護しなければならない絶滅危惧種という意識は生まれていなかった。

本書の語り手・半田正夫さん
(トカラ諸島中之島で、2007年、
荒川健一撮影)

序　「ミッコウ」時代の幕開け

北緯三十度線が国境となる

太平洋戦争終結後、北緯三十度以南の島々が日本国外の地になった。北からトカラ諸島、奄美群島、さらにその南に位置している沖縄の島々が該当する。その地域住民は分断された煽りを真っ正面から受けている。本書の語り手である半田正夫氏もそのひとりである。

半田さんは生まれこそ九州本土の福岡県大牟田市であるが、本貫は鹿児島県の奄美群島南端の与論島であり、同島で学齢期を終えている。生まれたのは一九二二年（大正十一）であり、太平洋戦争が終結する前年の一九四四年に出征している。負け戦のなかを兵員輸送船に乗せられて長崎県の佐世保港からフィリピンへ向かうのだが、台湾の南のバシー海峡で米軍潜水艦の魚雷攻撃を受けて、大時化の海に投げ出される。三五〇〇人の同乗兵のほとんどが絶命するなかで、半田さんは長尺の板に摑まって漂流するのだった。投げ出されてから三日経った日の夜、漆黒の海を疾走して近づいて来る日本軍駆逐艦に偶然に発見されて救助される。別の救助船に移されてルソン島へ向かう途中で、またも魚雷で沈められた。

その後の半田さんは奇跡としか言いようのない偶然の連続のなかで生き延びるのだった。最下層兵としてあらゆる知恵を絞り、当面する難局をくぐり抜けていく。半田さん特有の知恵が、その場の判断力を有効に働かせたとも言える。終戦をルソン島で迎え、同島での一年五ヶ月に及ぶ収容所暮らしを経て、常夏のルソン島から厳寒の名古屋港に帰還する。それが一九四六年の年の瀬であった。

復員後は大牟田の縁者に無事の帰還を知らせてから、与論島に帰省する。北緯三十度の国境を越えて島に帰ることはできたが、日本国内へ出て行くことができなくなった。自由に移動できる範囲がトカラ諸島（現鹿児島県十島村（としまむら））以南の海域に限られることになり、その後の氏の動きを大きく決定づけることになる。

旧日本帝国はポツダム宣言を受諾して、一九四五年（昭和二十）八月十五日に連合軍に降伏した。翌月に東京湾上の米軍戦艦ミズーリ号の甲板で降伏文書への調印が行われる。その後に、奄美群島に残留していた日本軍の武装解除が米軍によって行われるのだが、その時点での奄美諸島や十島村は、未だ鹿児島県の一部であり、日本の管轄下にあった。

翌一九四六年一月の連合軍司令部覚書で、「北緯三十度以南の、十島村、奄美群島、それと琉球群島（旧沖縄県内の島々）は、日本から分離する」の指令が発表された。北緯三十度以南、つまり、現十島村以南の島々が本土と分離されたわけである。その二ヶ月後、アメリカ海軍は軍政府を奄美に設立するために、海軍中佐ら二十名を奄美大島の首邑である名瀬町（その年の七月に名瀬市になる）に派遣して、星条旗を旧鹿児島県大島支庁舎に掲げる。旧「鹿児島県大島支庁」が「臨時北部南西諸島政庁」（一九四六〜一九五〇年）に改称されたのである。初めは米海軍政府の設立をみているが、その後、陸軍の管轄下に入る。沖縄県は別に米国西太平洋軍の管轄下に置かれたのだが、実質は陸軍が海軍に代わっただけであった。

日本との境が北緯三十度となり、この海域から北に向かって、内地・本土へ航行することは勝手にはできない。半田さんのように、奄美大島の最南端の与論島から内地を目ざすならば、トカラ諸島の最北端の島である口之島までは同じ海域であるから、航行の自由が保障されている。が、それより北へ、つまり日本本土へ向かうには、厳しい規制を受けることになった。渡航したければ許可を得る必要がある。まず軍政府の所在する那覇へ船便を頼って許可申請提出の船旅をしなければならない。この手続きには時間と経費がかかり、また、必ず許可されるという保証もない。一九五〇年の統計資料（『奄美群島要覧』奄美群島政府知事事務局、一九五一年）

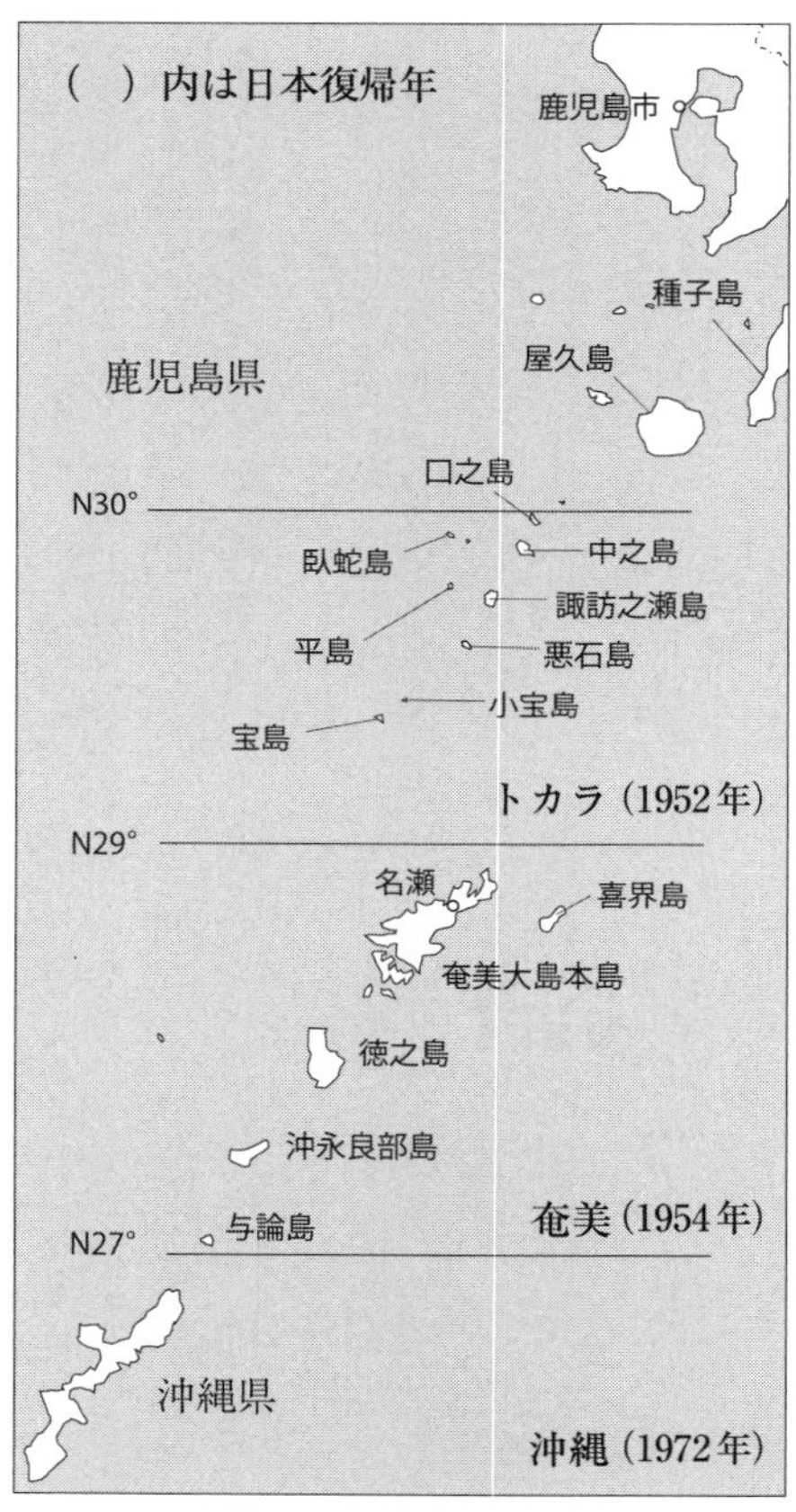

北緯30度線、29度線とトカラ諸島・奄美群島の位置図

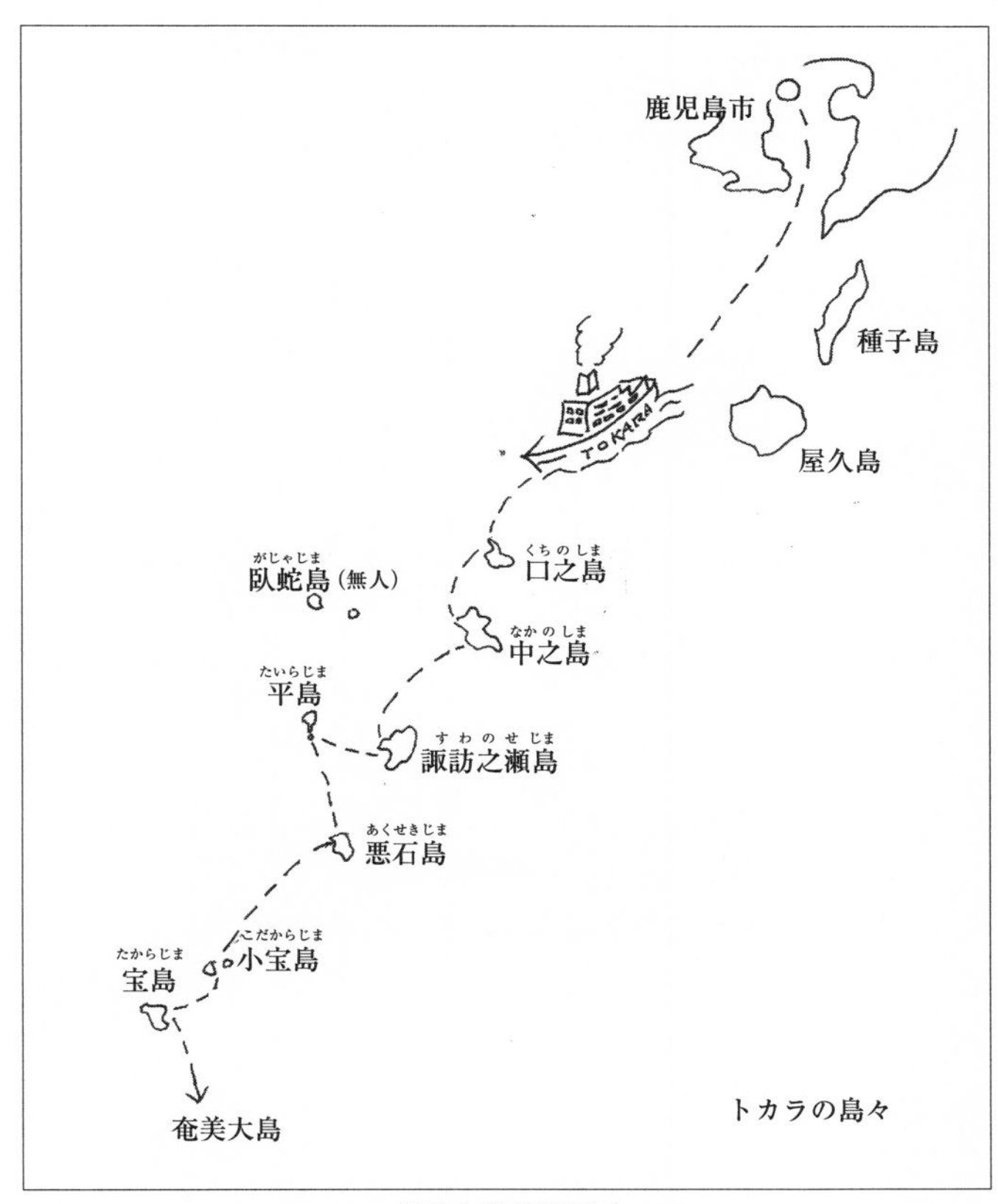
鹿児島市
種子島
TOKARA
屋久島
がじゃじま
臥蛇島（無人）
くちのしま
口之島
なかのしま
中之島
たいらじま
平島
すわのせじま
諏訪之瀬島
あくせきじま
悪石島
こだからじま
小宝島
たからじま
宝島
奄美大島
トカラの島々

村営定期船航路図

によると、渡航申請者が一八六四名に対して、許可された者が八四〇名であった。約四十五パーセントの許可率である。つまるところ、一般市民には不都合な正規ルートであった。十島村住民はひときわ不都合をかこつことになった。沖縄の那覇市に通う定期船は終戦以前から欠航のままであり、回復の兆しは窺えなかった。つまるところは、北緯三十度以北へ行きたければ、小型船を仕立てて密航するしかない。

警備の隙に乗じて北緯三十度線海域を航行する船舶を、島々では「密航船」、あるいは「闇船」と呼んでいた。半田さんは復員後の二年弱を与論島で過ごすが、島内は本土や大陸からの帰還者で溢れていて、職もない。また、耕地も限られているから農業だけで暮らしを支えることは難しい。そこで半田さんは五歳年下の弟を連れて本土へ向かうことに決めたのだが、やはり国境の壁は厚かった。口之島のひとつ手前の中之島までは北上できたが、そこから先へ通う船がなく、同島のナナツヤというハマで待機するはめになった。

「江戸三日、奄美三年」

十島村や奄美の島民は米軍管轄下の期間を、「ミッコウ時代」と呼んでいる。漢字を当てるならば、「密航時代」となる。「ミッコウ」には不法入出国、あるいは、不法入出域という意味ばかりではなく、「密貿易」の意味も含まれている。三十度線という国境が突然に現出したことによって、思いもかけないドラマが生まれ、人々の心や暮らしぶりを大きく左右した。「ミッコウ」は、単なる時代区分の語として使われるだけではない。ミッコウは生活を維持していくためには欠かせない行為であり、果敢に挑む行為とも言えた。たとえ官憲に逮捕されたとしても犯罪者意識は薄い。奄美では特にそうした気風が強く、ミッコウ、即ロマンと感じ取った若者すらいた。ミッコウをロマンと汲みとれる背景には、本書が取り上げる島嶼群が経験した特有の前史を見逃せない。

藩政時代の本土では黒糖が高値で取引されていた。薩摩藩はそれに目を付けて、藩財政立て直しの道を奄美での砂糖黍栽培に賭ける。その施策は徹底していて、単作農業しか認めない。それがために、四囲を絶好の漁場に囲まれていながら、漁業技術は未発達のままで、カツオ節製造法の開発すらみられなかった。

製造された黒糖は島民の勝手な売買が許されず、総買い上げ制が敷かれた。生産される黒糖の全てを藩が強制的に買い上げる制度である。十六歳から六十歳までの全ての島民に生産義務を負わされる。男には二反歩前後、女には一反歩前後の耕地を割り当てられる。藩では監視役を置き密売買を厳禁した。それを徹底させるために、島外からの商人の入島を禁じ、また、島民の島外脱出も見逃さない。苗字も一字姓しか認めなかった。

最大の締め付けは、金銭の流通を止めて、島民が必要とする米や麦や豆といった必需品は、藩が砂糖代価に換算して支給した。砂糖と移入物資との交換比率は藩が一方的に決めた。極端に安い砂糖代金で、これまた極端に高い物資を買わされるはめになる。「近世大阪の物価と利子」(『鹿児島県史』所収)の記述によれば、大阪の市場では米一石が砂糖七十九斤で買えたものが、島民は三百三十三斤の砂糖と交換しなければならなかった。また、大阪では塩四斗が砂糖の四・二斤であったのだが、島民は百二十斤を払わされている。米の値段が市場相場の四・二倍であり、塩の場合は二十八・五倍になっている。後世の者の目には交換比率差があり過ぎるように思えるが、これが現実であった。代価を精算できない島民は身を売ってヤンチュ(家人)という階層に入る。これは農奴にひとしく、売買の対象にされた。

こうした悲惨な「黒糖地獄」は島唄の多くに歌い込まれている。「かしゅてぃがり難儀さんて　たが為なゆんが　ヤマトゆしゅぎらが為どなゆり(こんなにまで難儀して、いったい誰のためになる　ヤマトちょんまげのためにこそなる)」。その他にもある。恋の歌として近年歌われる島唄に「カンツェメ節」というのがあるが、あれは美しいヤンチュ女性苛めの歌である。少なくとも、戦後の一時期までは、この歌を気楽には唱えなかった。聞く者は怨嗟の念に浸ってしまうからだった。

逆に、薩摩藩士にとっては「黒糖天国」である。「江戸三日、奄美三年」の諺が生まれている。どういう意味かと言うと、消費都市大江戸詰めを言い渡されるならば、三日で屋台骨が崩れる。反対に奄美での代官暮らしならば、三年で蔵が建つという比喩である。それほど、黒糖の甘い汁を啜ることができた。


明治五年になってから国内の人身売買が禁止されて、ヤンチュが解放されることになったが、内実は各村に全住民の二割から四割がヤンチュであり続けた。また、藩政が解かれたからといって、鹿児島本土の商人や官吏が奄美の経済を牛耳ることに変わりはなかった。貨幣の流通が何たるかを知らされていない島人たちであるから、島外から入ってくる商人に太刀打ちできない。本土商人の下で雇われるのがせいぜいである。

こうした黒糖地獄の延長上の暮らしを克服できる道はないか、それを強く意識する者が島民の中から現れた。薩摩の風下から抜け出し、権利を護るためには法律を学ばなければならないと気づき、多くの人材が法曹界へ入って行く。最初に入って行ったのは岡程良（ていりょう）という人である。一八八七年（明治二〇）に判検事登用試験（後の司法試験）に合格し、裁判官となって郷土の司法界の改革に尽力している。日本で最初に登用試験に合格した人でもある。

岡程良は、これまでの薩摩藩が押しつけた宗教や思想では先の見通しがないと考え、世界的な宗教であるキリスト教を導入したらどうだろうかと考える。何よりも惹かれたのは、「神の前に万民は平等である」という教えであった。さっそく同志を募り、カソリックとプロテスタントの両方に宣教師の派遣要請をした。

一八九一年（明治二十四）の十二月末、フランス人のカソリック宣教師が要請に応えて来島する。司祭の教えは燎原の火のごとくに広がり、一週間遅れで来島したプロテスタント宣教師は入り込める余地がなく、早々と退散した。その後わずか十年の間に、人口比に対する信者数は長崎を抜いている。長崎ばかりでなく西九州全域では、ザビエルに始まるイエズス会派カソリック信仰が十六世紀後半から拡がりをみせていて、国内では有数の布教地盤であった。奄美での「燎原の火」は類例をみない勢いであった。二十一世紀の現在、奄美大島本島では小集落といえども、カソリック教会が建っている。

終戦後、奄美が日本から切り離されると知って、本土商人は島から引き揚げてしまった。島民は溜飲が下がる思いをしたのだが、薩摩の差別政策の根は深く、容易には払拭できない。戦後奄美に移住した作家の島尾敏雄氏が「名瀬だより」という文章のなかに書いているのだが、「奇妙なことに、誰もが身体の芯から喜びに浸っているはずなのに、名瀬の店屋の応待は無愛想である」とある。この記述は終戦から十年を経た一九五五年（昭和三十）の名瀬市内の実情である。「ここ一、二年のあいだに、名瀬市（現奄美市）は急速に都会らしくなった。人口も増えた…（中略）…市民は（百貨を揃えた小店舗に）出かけて行って日々の買物をするわけだ。店先での応待は概して無愛想だ。つい昭和の初めあたりまで、名瀬では客の方が『ありがとうございました』（もちろん島の言葉でだが）と言っていたという。それは明治になって薩摩藩が解体しても、鹿児島県は奄美群島を昔のままに扱いたがり、すぐには新制度の権利を与えず…（中略）…当初、名瀬で商店を経営した者は鹿児島人が多かった。彼らは旧藩時代の慣習そのままに振舞ったと覚しく、その態度は横柄にならないわけにはいかなかったから、そのことが、あるいは無愛想な名瀬商法の伝統をつちかうのに力を貸したかも分からない」と分析している。

薩摩商人の同じ視線は沖縄の島人へも向けられていた。明治後半の子どものころを回顧して、「飴を買いにいくのに深々と頭を下げて、『飴をください』と頼まなければならなかった」と語っている人もいる。その当人の祖母は借家を数軒持っていて、寄留商人の呼び名が付けられていた鹿児島商人へ貸していた。「家賃をもらいにいくときも、おそるおそる伺いをたてて、台所の方から回っていく。『家賃はどう致しましょうか』と下手に出ると、『今はない。あるときは持っていくから、取りにこなくてもよい』。それでも祖母は『よろしくお願いします』といった調子であった。[1]」

そうした陰鬱な気分にさせられる人がいる地に足を踏み入れたくないのは人情である。ところが、明治維新以降になってからは、求職や知人や縁者との面会といった機会が増え、本土へ足を踏み入れる必要に迫られた。奄美人にとって、そうした捩れた状況を救ってくれたのは、大阪と沖縄を結ぶ定期船が大島の名瀬港に寄港するようになったことである。薩摩の地を踏まずに本土に直行できるようになり、年寄りたちがひときわ喜んだ。

観客動員数二万人

戦後の奄美の経済界は試行錯誤を繰りかえしながら、少しずつ島独自のリズムを取り戻す努力をしている。日本からの分離が決まると、これまで商店街を牛耳っていた鹿児島本土人は、本国に帰れなくなるのではないかという不安が先立ち、奄美から引き揚げていく。代わって島人が登場する。名瀬（現奄美市）の中心地にあるアーケード街の店主のほとんどは、本土資本が支配していた時代の店の番頭たちである。街は活気にあふれ、奄美の人にとって、本土との分離は薩摩との手切れに映った。「ミッコウ時代」の始まりは、「奄美ルネサンス」と呼ばれる時代の幕開でもある。

経済界ばかりではない。出版活動にも「ルネサンス」がやって来た。地元の記事を伸びやかに報道できる日刊新聞が二紙誕生した。それに呼応するかのように、人口が三万人台の街なかに、本屋が雨後のタケノコのように生まれた。店主の名前を冠した書店だけでも六店舗生まれ、書店らしい名前の付いたものを加えると九店が店開きしている。(2) 皇国臣民教育の下で「知」に飢えていた民は、「食」を削ってでも、本土よりも定価の三割高の新刊書へ飛びついた。もっとも、これは奄美だけの現象ではない。本土でも終戦の二ヶ月半後には『新生』という雑誌が創刊され、即日十三万部が売れている。執筆者には、戦時中に不遇だった自由主義論者が名を連ねている。

他の文化活動も盛んであった。娯楽らしきものが限られ、また、本土と違って映画フィルムの配給にあずかれるわけではなかったから、名瀬市内での演劇活動は刮目に値する。若者の中には内地遊学のさなかに学徒動員で戦地にかり出され、運良く復員したものの、復学する機会に恵まれず、島にとどまって演劇活動をした若者たちもいる。三十余の劇団が誕生し、その中の三つは職業劇団であり、専属の脚本家も抱えていた。

そのうちのひとつ、「熱風座」の主催者であり、脚本家でもある伊集田（いじゅうだ）実氏は戦後の一時期、フィリピンの捕虜収容所にいたことがある。十万人を超す旧日本兵が三ヶ所に分散して収容されていた。収容所では毎日曜日が使役から解放される日であり、収容されている者たちは様々な催しを企画して休日を過ごす。相撲大会もあれば、プロの落語家や講談師の一席も聞くことができた。先の脚本家は、新国劇の片岡六郎という役者と組んで劇団を作り、本格的な芝居を披露する。同時期に半田正夫氏も収容されていたのだが、二人が同じ収容所にいたかどうかはわからない。ただ、半田氏は、「ビックリするような役者も居って、いいものを観せてもらった」と振り返っている。劇団名の「熱風座」はロマン・ロランの詩の一片からとっている。劇団の公演範囲は広く、奄美の島々だけでなく、沖縄へ出向くこともあった。沖縄の演劇界でも話題になり、一時期は「奄美旋風」が吹いたほど人気があった。

さらにミュージカルグループも誕生している。満州帰りの美少女である九条まり子（本名、太（ふとり）初枝）が、「シナの夜」や「夜来香（いえらいしゃん）」を熱唱して島々を巡っていた。[3] 三十度線以北では美空ひばりが「リンゴ追分」や「河童ブギウギ」で国中を沸かしていた時期と重なる。戦後三十五年経った一九八〇年に、名瀬の日刊紙である『南海日日新聞』（三月三十日）が「往年のスター・九条まり子さん健在」、「戦後に希望をともした歌姫」を取りあげているほど、人々の記憶に鮮明に残っていた。

奄美でのこうした動きを半田さんは知らなかったかもしれない。「奄美ルネサンス」のコトバすら耳にしなかったのではなかろうか。島嶼間の情報交換が極端に限られていたから、名瀬の文化活動の詳細が与論島まで届くことは稀であった。それに半田さんは活動の盛り上がりをみせる以前に与論島からトカラ諸島の中之島へ移っている。ただ、耳ざとい人だから、熱風座が再演につぐ再演で、最終的には二万人を動員した『犬田布騒動記』の噂は小耳に挟んでいた可能性は大きい。そう推測する根拠は、中之島に戦前の一九三六年（昭和十一）から住み着いていた吉岡亀太という人が、その芝居を名瀬市で観ていて、帰島後に周囲に語った可能性があるからだった。

吉岡氏は一九四七年（昭和二十二）に名瀬市で開かれた「復興博覧会」を幼い長男と共に見学した折に、先の『犬田布騒動記』を観ていて、芝居がすんだ後に主催者を訪ねて一言を申し述べている。それは、幕が下りた後の観客への呼びかけの文言のなかに対する抗議でり、叱咤であった。呼びかけの内容は、「……大島郡はアメリカの軍政下に入ってしまった。このままにしとりゃ、自分たちはどんな目にあうかもわからんから、早く日本本土へ行かにゃならん。

そして皆で共同して日本の方へ働きかけて、みんな日本へ行くようにしようじゃないか。日本へ引越そう」[4]である。語っている当人の本心は、島を抜け出すことを煽っているのではなく、一日も早い本土復帰を、コトバ足らずのまま願っているのであろう。

この呼びかけ人は主催者である伊集田氏ではないと思うが、吉岡氏は納得いかなかった。氏は中之島での開拓事業に全力で取り組んでいた人であり、こうも反駁している。「あんたたちが、いま、この土地を空(あ)けて、我も我もって皆で本土へ行ってしまえば、そしたら、ここに（日本人が）おらなくなる（居なくなる）。おらなくなれば、また誰か、ここに、ほかから（外国人が）来る……（中略）……あんたたちは、この土地に生まれた人たちなんだから、日本復帰するまでは必ず、どこまでも、この土地を守るというて、あんたたちが奮起してくれなぁ困る」[4]と、最後には相手を説得にかかっている。

吉岡氏がこうした観劇をした二年後に、半田正夫氏が与論島から中之島へ来た。そして共に開拓に励むことになる。開拓地が村の認める「区」に昇格したとき、初代区長が吉岡氏で、二代目が半田氏であった。二人の仲が親密であったかどうかはしらないが、名瀬での出来事を話題にするのは自然なことである。

先の芝居の内容に触れておくが、幕末の犬田布（徳之島）で起きた百姓一揆を題材にしている。

薩摩藩が幕末の雄藩として中央政界に揺さぶりを掛ける資力を確保できたのも、黒糖貢納の上乗せがあったからである。奄美からの収奪を語るとき、必ず引き合いに出されるのが犬田布での一件である。半田さんが「犬田布」の名を早くから知っていたとしても不思議ではない。

しかし、より詳しく知っているのは、自分の住んでいる与論島や中之島のことであろう。半田さんの生まれた福岡県の大牟田には与論島出身者が溢れていた。しかも、血縁を遡れば「ンダ」と呼ばれていた階層の人たちが多い。売買の対象になっていたヤンチュ（家人）のさらに下層の民である。明治に入ってからであるが、三井炭鉱の工員募集係が人足を求めて与論島を訪ねている。これまでは囚人労働に頼っていたのだが、過酷な使役に抗った一人が、坑内で爆破事件を起こしたこともあり、三井が身代金を立て替えてンダを人夫に採用した。主家から解放されたンダは大喜びであったが、石炭積み出し港のある口之津で、最下層人夫として酷使されることには変わりなかった。

募集はその後も繰りかえされ、家族を含めた大牟田への移住者数が最多時には一二〇〇人を超えていた。明治末の与論島人口が五六〇〇人ほどであったというから、五分の一を上まわっている。ンダは奄美の他の島ではヒザとよばれていたが、同階層が島内から一掃されたのは与論島が最初であった。半田さんはそうした島内の動きを知らないはずがない。

半田さんは村主神社の末裔であり、与論の十五夜祭の光景を鮮明に憶えている。半田さんのコトバを借りると、「わしが子どものとき、憶えとるが、盆の十五夜に、昔の城跡で行事をやるんですよ。土俵があって相撲をとる処、皆で踊る処、それと石段が高くなった処に見物するところがあって、一番の上座にわしの爺さんが座りよった、町長より上にね。爺さんが亡くなってからはオヤジが座って、今は弟が座っとる。しょうもない弟やが、『わしが今でも座っとるよ』て自慢して……」と笑っているが、島を統括する側の末裔であるならば、ンダの存在を知っていて当然である。

この神社は海の神さまを祀ってあり、沖家が本家である。半田さんが養子に入る前の旧姓は「沖」である。祖父が正夫少年に言い聞かせていたことは、「この家の者は海難事故では絶対に死なん」であった。半田さんの父親は、戦前にタンカーに乗って世界中を回っていて三度水難事故にあっているが、いずれも無事生還している。半田さんも出征中にフィリピン沖で二度の魚雷攻撃を受け、乗っていた兵員輸送船が沈没しても助かっている。

半田さんは他人の世話をやいて生きてきた人であるが、「犬田布」や「ンダ」を身近には引き寄せていない。中之島で始まった暮らしに心血を注いでいたから、他島の事情にまで情を寄せる暇などなかったであろう。与論は与論で、あるいは、犬田布は犬田布で、そして、ナナツヤマはナナツヤマで、各々が自分の暮らす地で足場を固める覚悟が必須と考えたであろう。半田さんがナナッヤマでの暮らしに触れたとき、一度だけだが、「身を引くわけにはいかなかった」という内容のコトバを吐いている。入植者の先頭に立って動き始めると、自分ひとりが抜け出すことを良しとしなかったのだろう。半田家を継いでいる息子の半田寿博(としひろ)氏は「オヤジは、こうと決めたら、ガンとして身をひるがえさなかった」と証言している。早い段階で本土行きの考えを撤回している。

そうした生来の質に加えて、自身が現在置かれている環境よりも一歩高みからモノを見る習いがある。十代後半の神戸での暮らしが大きく影響しているように思う。父親の勧めを蹴って、小学校高等科二年の中途で学業を捨てて、百万都市で働き始める。与論島にいるときとは違って、周囲の目を気遣う必要が激減し、周囲から一歩も二歩も抜け出すことが易くなったと言えようか。出征前に、若者たちは神社仏閣に詣で、武運長久を祈るなかで、半田さんは片岡千恵蔵が演じる『宮本武蔵』の主人公のセリフを忘れなかった。映画の中で、宮本武蔵は(佐々木小次郎との)決闘に行くときに、途中に神社があったので拝もうとした。そのとき「決闘に行くのに、神頼みはいらん」との想念が武蔵の参拝を思いとどまらせた場面が脳裏に焼き付いて

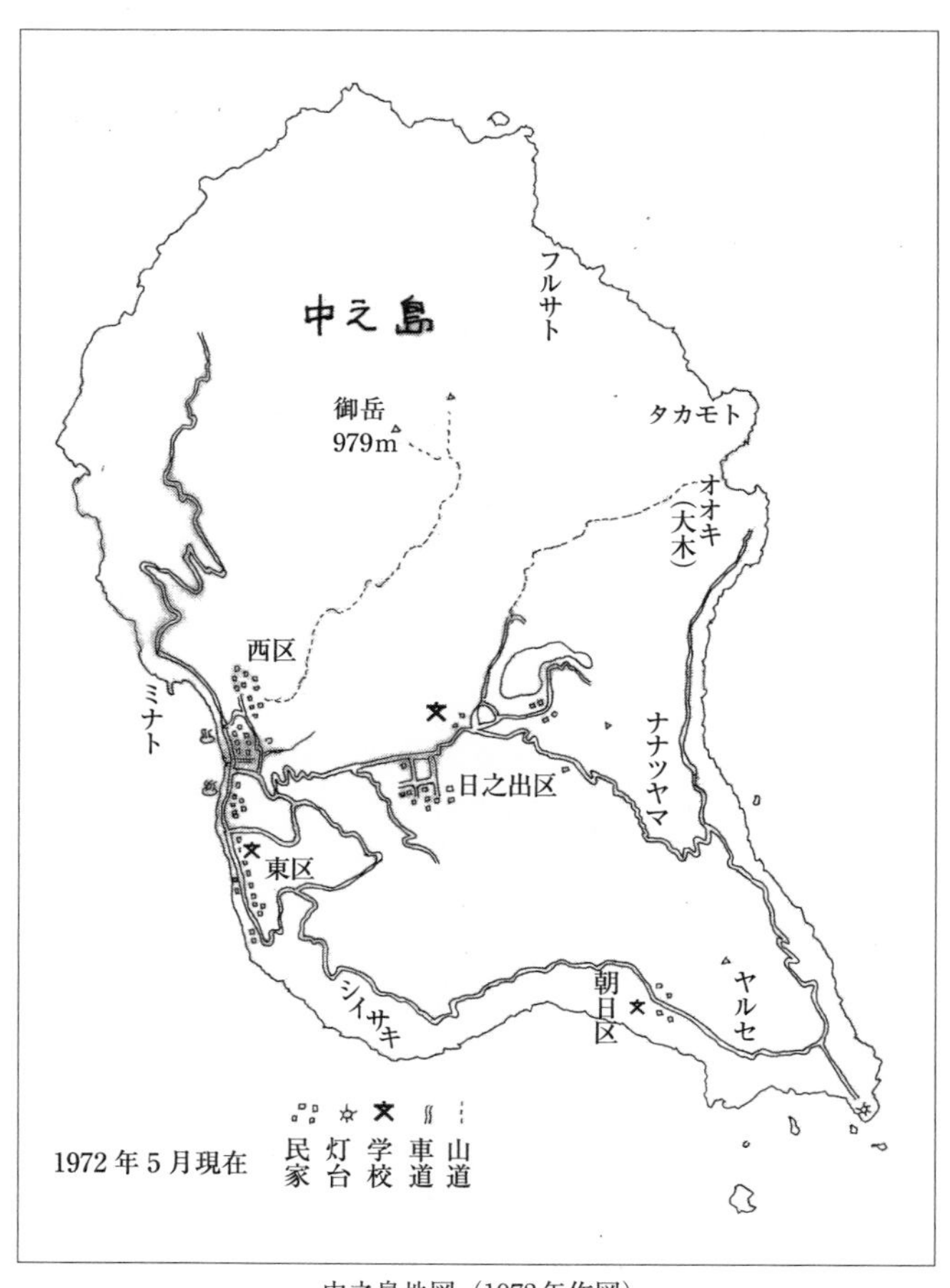

中之島地図（1972年作図）

しまった。

半田さんは入営を目前に控えて、母親が渡してくれたお守り類を、タンスの奥底にそっと置いていく。「たくさんの兵隊が征くのだから、どの兵を還してどれを還さんて、神さまもたいへんじゃ」と、神さまをいたわる側の人間になっている。「人間は運まかせじゃ、という気がその時ハッキリあったですよ」とまで言う。同世代の兵のなかに同じような行動をとった者は多くはなかったはずだ。


半田さんが「奄美ルネサンス」旋風の一部を受けていたと仮定するならば、それは自分を縛るものを、第一義には置かないという姿勢である。中之島に移ってから、予算も限られ組織も脆弱な行政に頼ることを第一には考えない。開拓民の多くが居住していたナナツヤマの小学校分校が手狭になり、増築を余儀なくされたとき、自分たちの手持ち資金では足りないと判断し、たまたま、同じ地区に枕木製造のために来島していた山師たちがいたので、その島外者と無手勝流で掛け合う。「あんたたちが連れてきた学童も多いことだし、建築資金を出さんか！」ともちかけて、教室を建て増している。

そうかと思えば、牛のひと突きで崩れそうな老人の小屋を見かねて、地区の皆に呼びかけて、手弁当で一日奉仕作業をしてくれないかと、協同作業の提案をしたりもする。半田さんの場合、「自分を縛らない」という意味は、「人の指示を受ける前に、自分から先に動く」ことであった。それは自分に言い聞かせているのではなく、意識する前に体が動き出すとしか言いようのない身の軽さである。そうした半田さんの動きに応えるかのように、ナナツヤマの住人は、渡来目的の違いによる色分けをしなかったから、日々の暮らしは伸びやかであった。自らの暮らしを自らで護ることが前提であったから、工夫を凝らすことにおいては長けていた。密貿易の中継基地になることを即刻決めたのも、そうした背景があつたからである。

ナナツヤマは異人種のルツボ

密航船の役割は物資輸送と人間の移送であった。人間移動の面からみてみると、三十度線を越境して南下する人たちの多くは帰省者、あるいは、縁者との面会希望者であった。帰省を希求する人のほとんどは、復員兵や外地からの引揚げ者である。特に与論島の場合は引揚げ者が多かった。全人口の五分の一が大牟田に移住した後も、島を二分するほど多くの満蒙開拓民が中国大陸へ送り込まれた島だったからである。また、奄美群島内の他の島々に向かう面会希望者は、本人の出身地が三十度線以南の地にあり、敗戦直後の縁者の安否を気遣っての密航であった。

反対に、日本内地を目ざす人たちの目的は、面会、進学と復学、職探し、あるいは生活必需品の確保が目的であった。この最後の密航目的は、陸続きの地であれば、買出しと言われている行為であるが、大海原を挟んでの買出し、それも、法を犯しての移動であるから、密貿易と見なされて取締りの対象になった。定期航路の再開が期待できないのだから、密航船・闇船を頼る他に策はなかった。

奄美大島の人口は、終戦時には二十二万弱を数えていた。経済や教育は本土に依存していたので、戦前から本土との往き来が盛んであった。それ故に、分離された状況下では、窮屈な思いをしていた。本土より一年遅れて一九四八年に、奄美大島にも六三制の学制が敷かれることになったのだが、勉学する環境は劣悪であった。教科書はない、教材はない、校舎も不足している。また、日々の生活が苦しいから学校に通う時間よりも、家事手伝いが優先してしまう。新制高校の三年への編入か、旧制中学五年で卒業するかの選択を迫られたとき、月謝の苦しみから解放されたいとの願いが先になり、卒業を選ぶ。

卒業しても仕事がない。本土への渡航もかなわない。そうした現実に加えて、今後軍政下の奄美がどのような方向に向かうのかもわからない。「このままでは祖国の動きに置き去りにされてしまう」という危機意識も生まれた。その閉塞状態からの脱出を夢見る若者が奄美にはあふれていた。このような内面の飢餓に応えるためにも密航船が必需であった。

密航船・闇船のもうひとつの要請は物資輸送である。沖縄や奄美からは黒糖が本土に向けて搬出された。沖縄からは米軍払い下げの衣類なども持ちこまれた。これらの品はトカラや奄美の島々が日本に復帰した後も、東京のアメヤ横町の古物商の店頭に並べられていた。鉄屑も大きな比重を占めている。米軍の艦砲射撃で沖縄本島に撃ちこまれた砲弾が、一平米に一トンと言われたほど多かったこともあり、朝鮮戦争が勃発した一九五〇年（昭和二十五）以降は、そうした薬莢や鉄屑の需要が大きかったものと思われる。それらが再利用されて軍事物資となり朝鮮半島へ輸出されて、日本国内の「特需景気」をもたらしている。

反対に本土からは材木が沖縄へ運ばれた。沖縄本島は戦火で家屋が焼かれ、また山林も禿げ山と化したから、材木の需要が多かった。その他、多方面の日用雑貨が沖縄では不足していた。昆布やソーメンといった食糧だけでなく、調理する鍋釜や、食事を摂るための茶碗までが足りない。奄美群島は沖縄本島とは違って、地上戦がなかったので沖縄ほどの打撃を受けてはいなかった。それでも人口二十余万の地域であるから、不足品への需要を十全に満たすことはできなかった。

上記の二地域に比べて、十島村（トカラ諸島）は全島を合わせても、三千人前後の人間しか住んでいなかったし、流通経済も立ち遅れていたから、消費規模も小さく深刻さには開きがあった。それでも、密貿易の主要舞台が十島村であったのは、国境の島だったからである。中でも口之島は物資の中継基地としての役割は大きかった。当時の口之島の船着き場周辺の写真が残っているが、木枠で梱包された密輸品が山と積まれていて、さながら前線基地の観がある。

一九四六年一月から一九五二年一月の間、つまり十島村が日本へ返還されるまでの間、本土へ向かう密貿易船の出発地は大きく分けて二ヶ所あった。ひとつは沖縄本島を出発地とするものと、もうひとつは奄美大島のどこかの港を拠点とするものとである。しかし、その航行ルートは多様である。沖縄の物資が直接内地・本土に運ばれる場合と、沖縄から大島郡下（十島村が含まれる）のどこかの島にいったん運ばれて、その後、本土から南下して来る闇船に載せ替えて本土に運ばれる場合とがある。「どこかの島」は奄美大島の名瀬市であったり、十島村の口之島であったり、遅れては同村の中之島であったりする。

密輸物資の内容は多様であるが、庶民が身近に利用した品目には黒糖がある。日本内地での枯渇物資だけに、取引の値も良い。例えば、奄美大島で一斤（六〇〇グラム）が三〇円であるものが、北緯三十度周辺にできた中継基地では九〇円に跳ね上がり、鹿児島まで運びおおせれば一五〇円になる。さらに陸路を大阪方面まで持って行けば三〇〇円になった。実に一〇倍の値に化けている。本土の学校へ復学するための資金にする学生も多かった。[6]

半田さんが下船させられた中之島のナナツヤマのハマ（浜）には、すでに多く人が吹き溜まっていた。戦後も四年目を迎え、本土への渡航ができないまま、この地で暮らしを立て始めた人もいれば、開拓者として奄美から移住してきた人もいた。軍政府は食料不足を解消するために、奄美群島から開拓者を募り、中之島へ送り込んでいたのである。半田さんもその仲間に加わって暮らしを立て始める。ただ、半田さんたちがかかわった「開拓」は本土のそれとは異なっていて、連日連夜、原生林を伐り拓いて農地や牧場を作るという風景に終始してはいない。どのような日々を送っていたのかは、後述することにする。

ナナツヤマの住人は多彩である。軍政府の斡旋で入島した人もいれば、日露戦争で片腕を失って「軍曹」の通り名で暮らしている初老の人もいる。また、戦前に十島村の宝島に金鉱掘りに渡って来た人も、ナナツヤマの暮らしに合流している。大阪市電の車掌経験者もいるし、イチョマン（糸満）と呼び習わされている素潜り漁を業とする漁師も混ざっている。人種のルツボのような人員構成である。軍政府からの資金援助も無いに等しいなかで、皆が力を合わせて日々を生きるしかなかった。

そんな中で、半田さんは持ち前の気性から、人の面倒を見るのに忙しく、いかにして皆が食べていくかを模索するのだった。沖掛りする闇船に通わす小舟もないなかで、皆とミッコウ（密貿易）に手を出したのも、日々の暮らしを思えばこそであった。

本書で取り上げている期間は、半田さんがフィリピンのルソン島から復員した一九四六年末以降、トカラ諸島や奄美群島が日本に復帰する一九五四年（昭和二十九）までである。

（1）『石扇回想録』　島袋光裕　沖縄タイムズ社　一九八二年
（2）『改訂　名瀬市誌　二巻　歴史編』　改訂名瀬市誌編纂委員会　名瀬市役所　一九九六年
（3）『徳之島に生まれて』　溝井武實（発行者）太　稔　二〇〇五年
（4）『離島トカラに生きた男　第二部』　中野　卓　御茶の水書房　一九八一年
（5）前掲書
（6）『密航・命がけの進学』　芝慶輔編著　五月書房　二〇一一年

I

復員、そして占領下の与論島へ

アメリカから呼出しがきた

〈証言〉

名古屋から汽車に乗って帰ってくるとき（一九四五年〈昭和二十〉）、本籍、住所を全部書いて提出せよて言われた。ところが、兵隊に出てからは字を一字も書いたことがないでしょ、福岡県の「福」の字を書いてから、はたして合うとるかどうか、自信が持てんわけ。「これ合うとるやろうか？」て、人に見せて歩いたが（笑）。

汽車には復員兵を優先的に乗せたからね。当時の列車はガラスが全部割れていて、ガラスの窓はないんだから、一般人の人が、ドンドン窓から入って来るんですよ。たまたま、わしの身内じゃっていう人が乗っとって、「おまえらが征ったから、負けたんじゃ」て、二束三文（笑）。わしが「大牟田じゃ、どういう生活しとるか」て聞いたら、「種子島まで行って、タバコの葉っぱを買うてきて、それを手巻きにして売って生活しとる」て。えらいところに帰って来たなあ、ち思うたですよ。ところが、わしが生まれた福岡の大牟田に、たまたま同姓同名が居って、身内じゃって言うた人は、その男とわしを間違えとった（笑）。

大牟田に居る親戚の者は、戦争が終わっとるのに一年半もわしが帰って来んから、皆はわしがフイリッピンで戦死したものと思うとった。わたしが大牟田に帰り着くと、昼間じゃから家族は皆が仕事に行って居らん。婆さんひとりが家に居った。わたしが、「婆さん！　帰って来たよ」て言うたら、婆さんが、「いや、自分の孫は戦死した、て聞いとる」ち。……聞かんのですよ、わしの言うことを。いくら言うても聞かんわけですよね。そしたら、その婆さんがいっときしたら、「そんなに言うなら、おまえ、右のズボンを上まで巻くってみい！」ち、こう言うた。「また、妙なこと言うなあ」ち、思うた。そしたら、この右膝を見て、「あっ、間違いなか。おまえはホントに生きて還ってきた」て。何と、わたしが小さいときに、ここに蒼いアザがあったのよ。それを覚えておるわけ。婆さんていうものは、そういうことに気をつけておるもんやなぁ、て思うた。

帰ってくるまでは本籍が福岡やと思うとったが、終戦になってオヤジが与論の方に籍を直しとった。大牟田にはわしのオジ（叔父）やオバ（叔母）が居るもんじゃから、帰ってきてから、いつとき福岡に居った。そしたら、鹿児島のアメリカの方から呼出しが来てねえ、「いついつまでに出て来い」て。出頭命令が出たのは、復員していくらもせんうちじゃった。ところが、大牟田から鹿児島までの汽車の切符が買えん。厄介じゃなあ、ち思うて……たまたま駅まで行ったら、何と、運が良いというか、「切符を買うたが、乗るのをやめたから、誰か買う人はおらんか?」て。

乗ったはいいが満員で、列車の入口に手すりがあるでしょう? あれを掴まえて、足のつま先を踏み台に乗せたまま、汽車が走り出して、二駅ぐらいまでは、何とか辛抱したんじゃが、次の駅に向かったが、手もしびれるし、足ももたん。次の駅でわしはレッコ(下車)じゃなあ、て思うたときに、やっと両足があのペタル(ペダル)の上に着いたとき「ああ、これで生き返った」と。

今、鹿児島中央駅になっとる西鹿児島駅じゃなしに、鹿児島本駅に着いた。わたしは、アメリカ帰りの大きな袋を担いで歩いていたから、皆がわしの尻に付いてくる。何か良か物があって、換えてくれんか、ていう考えで。とうとう捕まって、「袋を開けて見せえ」て。「これはわしの着替えや」て。厄介な処に来たなあ、ち。大牟田に居るときは、石炭景気で贅沢で、食う物は不自由せんかったが、鹿児島に来たとたんに、道で遭うたとがそれですよ。どこまでも追っかけてくるわけですよ。

駅で切符を買うのにどうしとるかていうたら、その当時、リヤカーに米を入れる藁のカマス、あれを切って広げて、いっぱいリヤカーに積んで駅に来る。何をするかというと、それが商売で、切符を買うのに皆が並んどる。寒いから、それ一枚幾らかで貸すんですよ。それを羽織って順番待ちをするわけ。並び屋というのもおった。ホント、終戦後のみじめさ。帰って来んで収容所に居った方が良かったたて思うぐらいですよ（笑）。

アメリカが呼び出した目的は、一年半働いた給料を払うて……ビックリしましたねえ。兵隊に征ってから、給料の一銭も貰うてないんですよ。アメリカは使うた（使役した）給料じゃって言うて……。忘れもせん、当時の金で十九ドル何セント。ちょうど三倍の時代でね（日本国内の一円が米軍政府発行の三B円(1)と等価であった）。

貰うたのはいいが、アメリカがわしを呼び出して調べた目的は、中尉の肩章を付けた兵隊が言うとを女の日本人が通訳で、何のために呼んだかていうと、「還ってきた連中が集まって、暴動を起こすようなことはするな」、ていう注意やった。「なんや、たったそれだけのことで呼び出して」て。ところが、金を払うのが本当の目的だったんでしょう。その金で帰りの切符なんか買えん。こっちは腹だちまぎれで、「わしは、アメリカに居って、アメリカのコトバは、自分では喋れんけど、相手が言うコトバは全部わかるんじゃ」ち。まっ先にカマしたわけ（笑）。「じゃから、わしが言うた通りに通訳せい」ち。「たったこれだけの金で、列んで、大牢田にはとても帰れん」。「そやから、ここはアメリカの権限で、金はこっちが出すから、切符を買うてくれ、ち、まともに言え！」て、通訳に言うた。中尉が頭を下げて、「それだけは、自分に権限がないから……自分は任務のためにしたことじゃから、ご苦労じゃけど、何とかして帰ってくれ」。頭下げられて、わしはそれで仕方なく大牟田に帰ってきた。〈証言了〉

（1）軍政府は終戦の翌年の四月に、軍政府下の法定通貨を次の三種に決めた。B型軍票、新発行の日本銀行紙幣、それと証紙貼布旧日本紙幣の三種である。

サッカリン様々の石炭景気

〈証言〉

わしは大牟田生まれで、戦争に征く前はアメリカの捕虜が来とったのよ、石炭掘りに使われて来とった。ところがアメリカは捕虜が居るちゅうことを、ちゃんと分かっとったから、大牟田を空襲せんかった。そして、終戦と同時にねえ、ヘリコプターでゴットリ(充分に)、その連中のために食料を降ろした(投下した)。これは騒動だったらしいよ。ビックリするぐらい配給が多いわけ。さすがやなあ、ち思うたなあ。そうしたら今度は、アメリカを徹底的にこき使った連中はね、どっか逃げていって居らん。居れば殺される、て(笑)。

大牟田は石炭景気で、砂糖の代わりのサッカリンとかミツリンとか、あれを石炭から作っとった。石炭関係の仕事をする人が、何日働きに出れば、甘い原料の粒が会社から、日数に応じてくれる。それが配給されるときには、日本全国から買付けに来る。甘いもんが無いからなあ。自然に値は上がる。わしは宝クジを買うたことはないが、当たりクジの賞品にサッカリンがあったらしい。ところが、上には上が居って、サッカリンが薬の玉と同じようにしとってねえ、買付けに来とる者が「買う」て言うて、手にとってから、「こりゃあ、高い」て、返すときは偽物の、似たようなヤツを返してねえ……（笑）。

あすこの炭鉱は三井がやっとったんですよ。三井で働く者は皆社宅に、四軒長屋がズラーッと建っておる。与論から出てきた連中は皆、陸（おか）の仕事をやっとる。港で石炭を船に積みこむ仕事をね。わしは三十度線で切られて与論には帰れんから、いっとき大牟田で働いたわけよ。農園の仕事をしとったが給料が少ないから、坑内に入るつもりで試験受けたわけ。そしたらオバ（叔母）が、死んだ生みの親のすぐ下の妹やが、後じゃあ、わしが養子に入ったとやが、そのオバに怒られて、「炭坑の中に入ったら、いつ事故が起こるかわからん！」て、怒られて……。「大丈夫じゃが、オバ」ち、言うたのよ。

大牟田にポン友が居って、与論の同級生でね、その連中は早うに復員したんじゃが、いつもわしのところに、「同級生はいますか?」て、遊びに来たわけ。同級生が三、四人集まって、焼酎もないのに歌をうたい、どんちゃん騒ぎしとった。隣り近所の人が、「よっぽど焼酎が回って、あんなに元気にしとるんじゃろう」ち。そういうふうに周囲から言われとったが、そのポン友のひとりは隣の娘を目当てに、わしのところに来とった。あとでそれが分かってねえ（笑）。

因縁て言うが、ポン友が貰うたその娘の兄貴ていうのが、三井炭坑の会社に入れずに居った。オバの親戚になる人やが、同じ社宅にいて、親が定年になれば、子が正式に会社に入らなければ、社宅を出んならん。その兄貴ていうとが目が悪くて二回も試験に滑っとる。それでわしが替わりに試験を受けて……それがオバにわかって、「おまえはとんでもないことしてくれた」ち。「自分ら、一族郎党、全部首になる」ち。まあ、目の玉から火の出るような怒り方ですよ。で、わしがねえ、「オバ、心配するな、ち。わしは、もう、与論に帰るからな、何か調べられたら、『そんな者、居ったかどうか知らん』ち、言えばよかが」って。それから与論に帰った。

それから三十年後にオバに会ったら、わしが替わりに試験を受けたていう男が、こないだ訪ねて来て、その人はわしより歳が上やったから、もう定年になって、満期まで勤めて、退職金をいっぱい貰うた、て。「この半分は、あれ（半田正夫）が替わりに受けたんじゃから、あれにやらにゃあいかんが」て、言うて帰ったて、オバが言うわけよ。それを聞いたとき、「オバ、ち。わしはあんとき、オバにどしこガラれた（どれだけ怒られた）か」て言うて笑うた。

与論のオヤジから、「帰って来いて」て言うてきたですよ。島に行けば大牟田には帰ってこれんという考えがあるから、わしは渋ったわけよ。わしにいくら言うても帰って来んもんじゃから、オヤジはオジ（叔母の連れ居合い）に、「何とか欺して帰してくれ」ち、頼んどるわけよ。

わしが養子に入った家の縁のオジからすれば、わしのオヤジは、連れ合いの兄貴じゃから、言うたなら、義理の兄貴になるわけじゃな。そのオジが神様みたいないい人でねえ、わたしに、「自分も『否(いや)』とはオヤジに言えん。せっかく仕事も見つかったのやけど、とりあえず、オヤジの指示に従っていったん島に帰らんか?」ち。

まあ、帰るとは帰った。ところがどっこい、与論に行って見れば、満州じゃ、どこどこじゃ、ていうて、あちこちに行った者が与論に帰ってきた。あの小さい島は人間の渦でしょう、土地は限られておるし、仕事はないし……。産みの親が死んで、親父が再婚してわしを育ててくれた女親に、十六も違った男の子(異母弟)ができとった。ちょうど小学校一年生やった。それじゃから、男の子が三人居るわけな。わしが言うには、ひとりが後を継ぐなら不自由はせん。そやけど、ここで三人が世帯を持てば、土地を分けたら一人前の生活はでけんから、わしはすぐ下の弟を連れてミッコウ(密航)で内地に行く、ち。

わたしとしては、跡継ぎはひとりいればいい、ち。上のふたりは年ごろじゃから、下の子に……わしは育ててくれた女親に恩がある。だから、育ててくれた親が産んだ……下の子に後を継がせるのが一番いい。それが育て親にたいする孝行じゃ、という気持ちがあった。それで、五つ下の弟を連れて行く、って言うて……。

これをオヤジに怒られる。オヤジは、大牟田に出てきて居った三姉妹のうちの長女をもらっとったから、本当は養子に行くべきなのを、外国航路に乗っとったから、声がかからなかったのでしょう。(1) オヤジはタンカーに乗って油輸送で、日米戦争の初っぱなから外国へ行っとる。アメリカじゃろうが、イギリス、ブラジルにも行っとるから、「わしより（世の中を）知った者が居るか」ぐらいの、口だけは一人前やったからねえ……わたしは怒られてのあげく、「おまえみたような、勝手にするやつは勘当じゃ！」て。親戚連中を集めて勘当されて、それで、金の一銭も持たさんちゅうわけですよね。ところが姉が、すでに嫁いどって、姉からここ中之島に来る金を貰って……姉のおかげで……。〈証言了〉

（1） 旧民法では、家督相続権は長男にあったため、子どもが女性だけならば、養子を貰って家督を相続した。戦後二年目に新民法に代わる。

中之島までは平気で来(こ)れた

〈証言〉

ここ（中之島）は三十度線の南やから、与論からは平気で来れたわけですよ。ミッコウにはならん。三十度線の口之島が境界線じゃからね。軍政府が奨励しとった開拓の連中が中之島のナナツヤマに来とって、与論からも二、三人来とった。わしらがここに来たとが昭和二十四年やったが、来たはいいが仕事がない。大牟田に戻るていうても、ミッコウ（密航）の船もないわけよ。

中之島に連れて来た弟（沖順之介）は海が達者でねえ。小さいときから与論に居って、わしと五つ違うから兵隊には征(い)かずに島に居(お)ったから、海に行って潜って魚を突くのがセンモン（専門・得意）やった。そしたら、朝、オーキ（大木）のハマに魚突きに行く、て言うから、わしが「じゃあ、昼は芋を炊いて持って来る（行く）から」て、言うて行ったわけ。そしたら、海岸にわしの弟と他に四、五人が居る。沖には船が一艘掛かっとる。その船にたまたま与論の人が乗っとった。ミッコウ（密貿易）で来て……。アンカーを切ってしもうて、困っとるのを弟が（海底から）揚げてやって……。そしたら、実はヤルセ沖でも、もうひとつアンカーを切ったんや、と。ヤルセ沖で仮泊したときかどうかはわからんが、アンカーを切ってしもうたらしい。あれを揚げてくれれば、おまえの弟をミッコウ（密航）で、連れていってやると、こういう話ですよ。北隣りの口之島が三十度で、それよか（よりか）向こうは本土じゃから、その人たちのミッコウ基地は、屋久島の横の口永良部島やった。ナナツヤマからはよく見えるですよ。

弟に言い聞かせて、行かせることにした。福岡の大牟田には女親の実家があるし、それで、いろんな便宜を図ってもらえるから、まず、大牟田に行け、て言うて弟を送り出した。そいで、弟はうまいこと乗せてもろうて、口永良部島のミナト近くまで行ったら、警備艇が居った。ミッコウ関係じゃろうて、調べられたら、弟が乗っとるのが見つかったら捕まるていうダン（事態）になって、弟はいきなり海に飛び込んで……わしが弟に、着るものから一切がっさい持たせてやったのに、何にも取らず（持たず）、そのまま海に飛び込んで、島の裏の方に上がっとる。

ひと月ぐらい口永良部に居って、やっと大牟田へ連絡して……金も送ってきて、弟は大牟田まで行ったんじゃが、そろそろ石炭景気が悪くなって……当時（一九四九年）は社会党の全盛時代で、あっちこっち仕事に行くとも社会党が手配して、運賃から全部タダで、それで炭坑の連中は東京近辺に行く者も居った。大牟田には死んだ生みの親の姉妹が二人居ったからねえ、わしが養子に入ったオバ（叔母）と、その下のオバとが。どっちもの長男と、うちの弟との三人に、「将来はここ（大牟田）はダメじゃから、大阪に行って、何とか道を開け」て、叔母たちが言うて、大阪にやった。ところが、弟の場合は、頼るところがないから頑張った。また、頭がうちの弟は抜群に良かった。大阪製鋼に入って、職員の長になって成功したが、あとの二人は親が居る関係で、長続きせんで、大牟田に帰っていった。弟だけは成功して……。〈証言了〉

Ⅱ 密貿易で生きる

北緯三十度線上のヤマトムラ（大和村）

太平洋戦争終結後、北緯三十度線が日本と軍政府との境になったのだが、ヤマトムラの語は、戦後四年経った一九四九年（昭和二十四）に口之島で生まれたコトバである。

闇船が境界線突破の瞬間を見つけるには、どうしても待機時間が必要であった。口之島はそのような待機者の溜まり場になったのである。そうした場が同島のニシノハマ（西之浜）に作られた。このハマは小舟が出入りするのに都合の良い立地である。島の丸木舟も古くから出入りしていた。本土から南下して来る大型船が沖掛りするのにも都合がよい。

ハマと本部落とは潮見峠を挟んで遠く離れているので、滞在が長くなるとハマに小屋掛けして暮らし始める者も生まれた。多いときは六十戸が建っていた。家族連れもいた。住人の多くがヤマト（日本）の人だったので、ヤマトムラと呼び習わされることになる。ただし、十島村（トカラ諸島）の住民が九州以北の地を「ヤマト」とは言わないのだから、「ヤマトムラ」の命名者は奄美や沖縄の人である。この場合の「ヤマト」は九州以北すべてを含んでいる。藩政時代であれば、江戸は「ヤマト」に違いないが、別個に「オオヤマト（大ヤマト）」とも呼んでいた。その一方で、十島村では九州以北を一括する呼称はなく、個別の地名を使った。

ここで用語の説明を加えておくが、「ハマ」と片仮名表記にして、「浜」としないのは、海岸線はおしなべて「ハマ」である。それが数十メートルの断崖絶壁であっても、水際であれば「ハマ」である。例として、平島にツマハマの地名があるが、島の北端部のツマ（端）の海岸線を指している。崖が海にせり落ちている地形である。悪石島も同じで、明治三十五年の出来事であるが、大時化の海で、大島から帰島した島のイサバ（帆船）をどのハマに入船させるのが安全かを男たちが検討したときの会話が記録されている。それによると、「サバガセ（鯖の瀬）」という名の海岸線のハマにするか、オミズのハマにするかを迷っている。[1] どちらのハマも、白砂青松の地ではない。

船着き場のことを片仮名表記で「ミナト」としてあるのも、特異な意味を持っているからである。定期船の接岸が可能であれば、「港」と表記できるが、一トン前後のハシケ舟が横付けできる処ならば、どこであれミナトである。波浪が高くて本来の船着き場が使えないと判断すれば、ハシケ舟から陸に飛び降りる足がかりがあれば、急場のミナトとなる。各島に接岸港が整備される以前は、この急場しのぎのミナトが欠かせなかった。気象状況が悪くても、何とかして荷や乗降客を運ばなければならない場合がある。国政選挙で使う投票箱の回収を急がなければならなかったり、急病人を病院のある街に運ばなければならない場合は、少しでも風当たりや波浪が少ない島影に定期船を廻航させ、沖の本船が積載している伝馬船を使って、陸と船との間を往復した。岩から伝馬船に人が飛移ることができるのなら、その岩はミナトである。ミナトは港湾施設の有無とは関係ない。

ヤマトムラの小屋は一間四方ほどの掘っ建て小屋であった。在来島民が建てて、それをヤマトムラの住民に貸していた小屋もある。賃貸料がどのくらいであったのかはわからない。借り主の多くはヤマトから渡ってきた密貿易関係者であるが、なかには奄美大島や十島村の人もいた。笹と竹で作られている小屋にランプが灯り、暮らしが始まる。竹を半割にした樋を繋げて谷から水を引く。難破船の木片を燃料にしてドラム缶風呂を沸かす。そうした人たちが憩う飲み屋もどきの小屋も生まれた。あいまい宿も一軒でき、本土から連れてこられた女性が五人か六人控えていた。パチンコ屋はなかったが、スマートボールのような、コリントゲームを大型にしたゲーム屋もできた。こうした店屋に在来島民も通った。

若者たちはかなりの現金を手にしていたに違いない。中学を終えた十五歳の少年から、三十歳までの青年が青年団を構成していて、多いときには八十名を数えた。その者たちが三班に分

口之島のマエノハマ沖に浮かぶ密航船が持ちこんだ貿易品の山
(『復帰五〇周年記念カレンダー』表紙、十島村企画観光課、2002年から)

かれて、交代で密輸船の荷役を担当していたのである。荷扱いの量がどのくらいであったか、具体的な数値はわからないが、現存する現場写真(2)から想像するなら、かなりの量である。

〈証言〉

わしらは密航船のことをヤミセン(闇船)ち、呼んどったが、ニシノハマ沖には、五十〜六十トンの船が多い時には六十パイも掛りしよったですよ。沖の船から降ろした荷を島のハシケに積み替えてミナトまで持って来る。それを若者たちが担げて砂のあるところまで運ぶ。干上がったサンゴの上を歩くでしょうが、あのサンゴて言うとが、痛いんですよ。ろくに地下足袋も手に入らんから、自分らで編んだアシナカ草履はいて、サンゴが足裏に食い込んでね、慣れん人なら空身でも歩けん。ハシケは一パイだけやから、いくら若

者が多いと言うても、順番待ちのヤミセンが溜まるわけですよ。〈証言了〉

密航船のことを島では「闇船」と呼んでいたが、その船が口之島のニシノハマに、一度に六十艘が沖掛りしたことがある。島の若者たちが干上がった珊瑚礁の上を歩いて、木箱を肩に乗せ白砂が広がるところまで運び上げた。後日、このハマに定期船が接岸できる港ができて、砂浜は消えたが、当時の砂の層は厚くて、木箱が警備艇の目に付かないように、砂の中に埋めるのにさほど苦労は要らなかった。

闇船の男たちは夜になると、飲酒するのが常であった。奄美大島から来ていた男が、飲んだ勢いで、居合わせた島の若者とケンカになったことがある。大島の男が、手近にあった一升ビンを割って、ギザギザに割れた底を、口之島の若者の顔面に突き刺した。あたりは血の海である。知らせを聞いて、口之島の者が手に手に鉈や鎌を、あるいは竹槍まで握って、潮見峠の向こうからハマへ仕返しに向かう。ハマでは大島の者たちが百人ほど集まって、峠向こうの本部落へ謝りに行こうとして、峠道を登って行った。途中で島の者と出っくわし、睨みあいとなる。口之島には警察官が一人だけ常駐していて、両者の仲に入ろうとするが、勢いがついているから止められない。警察官は発砲を覚悟したがそこまでいたらずにすんだ。翌朝、名瀬の警察官が二十人ほど口之島に駆けつけた。一九四九年（昭和二十四）開通して間もない無線電信を使っての応援要請をしたのだった。負傷した男は名瀬の病院へ運ばれたが、片眼を失った。犯人を探し出せなかったのは、奄美大島の連中が庇ったのであろう。(3) その後、密貿易は南隣りの中之島にも飛び火した。

（1）「種子島遭難記」」坂元新熊談 『トカラの伝承』所収 ボン工房 一九七一年
（2）『復帰五〇周年記念カレンダー』 十島村企画観光課 二〇〇二年 表紙
（3）『軍政下の奄美の密航・密貿易』 佐竹京子編著 南方新社 二〇〇三年

マンガのようなミッコウ（密貿易）

〈証言〉

ここ中之島でミッコウ（密貿易）をやったのが面白いんですよ。たまたま海岸に行ったら、船が沖に掛かっとる。大きな船がね。そう言うても、五十トンあるかないかの船で、（一九五一・昭和二十六年の）ちょうどトビウヲ（飛魚）の時期で、旧の五、六月のアラバエ（南西風）が吹くころで、このころは島裏のナナツヤマ沖は凪ですよ。

船員が伝馬船でハマに降り来て言うには、材木を積んでおるが、沖縄から来るはずになっとる船が来（こ）ん。だから品物の交換ができん、て。

鹿児島から下ってきたミッコウ船で、三十度線を越えて口之島に着いたが、ミナトがいっぱいで、避難のためにナナツヤマの沖にやって来たらしいんじゃ。その船は製材した角材を積んでおる。沖縄は戦争中に家が焼けて材木が欲しいわけ。材木の少ないところでもあるし、それに目を付けて、材木を売る考えで。沖縄からやってくる船が交換品として、大砲の薬莢、真鍮、錫といったものをねえ、戦の後だから、そういうものがいっぱいあるわけですよ、それを積んで来る。本土にはそういうのがない。それが交換品で、沖で船と船とが積んで居るものを交換することになっとったらしいんじゃ。

「そうだったら、ここに荷を揚げんか?」て、わたしらが誘ったんですよ。

「どうして降ろすのか?」て言うから、

「そんなの簡単じゃ」ち。ハシケの一パイ（一艘）もないのに（笑）。

「わしらを伝馬船に乗せて沖の本船に連れていかんか」て言うた。

わたしらナナツヤマの者が沖の本船に行って、材木を四本、海に降ろして、井桁の形に縛って、その上に次々に材木を乗せた。木じゃから、浮くんですよ、いくらでも積める。ナナツヤマのミナトの前に離れ瀬があるが、ロープであの瀬まで、筏に乗せた材木を引っ張ってきて、それからまた内に引いてハマに揚げる。他の品ならできんが、材木じゃからできた。そしたら船の連中が喜んでねえ……次に来たときには、わしらが沖の本船に行って、沖縄から来た船の屑鉄やら銅線やらをミッコウ船に積んでやる。材木は丘で筏を組んで、沖に引っ張って行って、沖縄の船に積んでやる。それがナナツヤマのミッコウ（密貿易）の始まり……。

それからは、鹿児島のミッコウの相手から、電報が来るんですよ。中之島には郵便局があったから、わたしに暗号で、「誰々が入院した」「誰々が良くなって退院した」て、船が入った日、出た日を連絡してきてねえ。

いっぺん、おもしろいことがあった。ここに居った当時のケイサツ（警察）にはいいかげんなのが居ってねえ、儲け主義ですよ。わしらがナナツヤマでやっとるのを噂で聞いたんでしょうな。「あれ（ケイサツ）が来るらしい」て、知らせがあって……当時はケイサツも下の部落（ミナトがある在来集落）から歩いて来るわけじゃから、道は良くないし、サッて（すぐに）来れるわけじゃないからなあ、陸に揚げた品物を全部、山の中に隠してから、ケイサツがやって来た。いかにも何か欲しそうな顔してやって来たから、わたしが頭からイッパツかましたのよ。

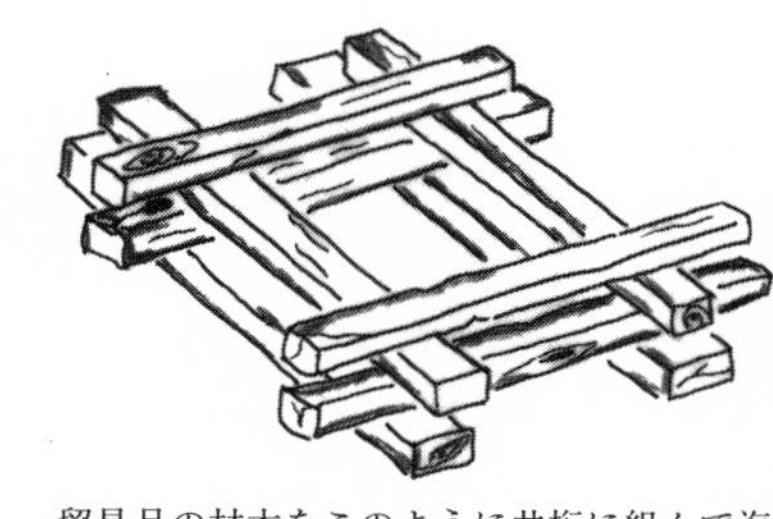
貿易品の材木をこのように井桁に組んで海に浮かべ、ハマまで運んだ

「こないだ妙な船が来た」ち。「来てから、あんたの名前を言うて、『どうしとるか?』て聞いたが、あんたは、あの人と付き合いがあるのか?」て、頭からかましたのよ。そうしたら、ろくろく返事もせんで、回れ右して帰って行った（笑）。

今でも不思議に思うとは、復帰前まではどの家でも豚を飼っとったから、どこかの家で屠殺すれば、その肉を希望者に現金で売りよった。そのときは、必ず二斤（千二百グラム）を交番に持って行きよった。決まりがあったわけではないが、それが慣例になっとったから、ナナツヤマのわしらも、豚を殺したら、わざわざ二斤、秤で計って持っていっとった。見逃してもらう見返りですよ（笑）。

在来区にはヒガシ（東）とニシ（西）とがあるが、そのヒガシ部落でもミッコウ（密貿易）をやりよったですよ。徳丸さん家(ち)の下の海岸が荷揚げ場でね、寄木(よりき)のあすこに行けばわかるが、潮が引けばハシケが通いやすいようにしてある。岩をきれいに除けてある。ハシケが沖に出られるようにして……。下部落（ヒガシとニシ）にはケイサツが居るから、あたりまえのミナトから舟を出しきらん。部落から逃げて（離れて）寄木の方にミナトを持って行ったわけやなあ。たいした（荷扱い）量じゃなかったが、そこをうまいこと、やりよったんじゃろう（笑）。島裏のナナツヤマでやり出したから、自分らも金儲けしようと考えたんでしょう。若者があふれるほど島に居ったからねえ、競争心も働いていたことだろうね。

わしらは、沖縄から来た品物もハマに揚げて、鹿児島から交換の品を積んだ闇船が来たら、それに積み込んでやる。わしらもそれで味を覚えて、通い舟が、ハシケ舟がなければいかんということで……、鹿児島からきた船の者から、「種子島に良か船がある」ち（と）聞いて、その船を買いに行くことになって、わたしがその船に同乗して口之島まで行ったわけ。そうした

中之島ヨリキ（寄木）の密貿易用船着き場跡

ら、警備船が来たもんじゃから、船の衆（シ）が「こら、たいへんじゃ。おまえ（半田さん）は、もう降りれ！」ち。わしひとりが口之島で降りて逃げたですよ。

　十島村のどの島も、平家の落人が流れてきたとかで、海上からは見えんところに家を建てとった。口之島も、山を越えた向こう側に部落がありますからね。ミッコウが始まる前、口之島のニシノハマには網を干す小屋が二軒かな、ワシの記憶にはそれしかない。そこに四十軒も五十軒も店ができとった。店ていうても、掘っ建て小屋やが……一間四方ほどのバラックだったですよ。当時のハマの風景が、新聞記者が撮った写真に残っとるからねえ。ニシノハマに木箱が山積みされとって、荒縄で縛った箱が横一列に広がっとる（笑）。

　そのときの傑作な話は、今（現在）は港を作ってハマに砂がないんじゃけど、それまでは、あすこのハマは砂漠みたような砂で、いくら掘っても砂やった。それで、ミッコウ当時は、「警備船が来た！」てわかれば、砂を掘って、そこに（荷を）埋めよった（笑）。それぐらい砂があったですよ。

その闇商売の連中がどうするかていうたら、暗くなってから、密航船が明かりをつけて沖を通るでしょうが、そこに警備船がやってきたなら、ビールから何じゃ、かんじゃ、船にゴットリ持って行って……結局、警備船は知らん顔して密航船を通すわけ（笑）。

鹿児島から来る船は巧妙なのが居ってねえ、一番上は木炭をいっぱい積んでくる。炭俵に入れて。それをいったん除けて、沖縄からの真鍮類、薬莢類を積みこむ。下の方にそれを積んだなら、今度は、その中にめちゃくちゃ炭俵を投げ込む。真っ黒になるぐらいメチャクチャに投げ込む。鹿児島に行ったら、警備船が調べに来るでしょうが、「これは木炭を積んでおる」て言えば、「開けて見せれ」ち。メチャクチャ炭を投げとるから、ちょっと動かせば、あたりが真っ黒になる。係官が途中であきれてしもうて、「ああ、もう、いいが」ち。いろんな手があるもんじゃ（笑）。

わしを乗せて口之島まで来たミッコウの船が鹿児島へ帰って行く。行くときに、「自分らが責任もって、伝馬舟は買うて来るから、おまえ（半田）は口之島から（中之島の）ナナツヤマへ帰らんか？」て……、後になったら、舟を持ってきてくれたです、種子島から。波に乗る良か舟やった。同じミッコウ（密貿易）て言うても、口之島と違うて、沖で船と船とが物品を積み替えるわけじゃから、こっちの人間が沖に行きさえすればいいわけ。それで、櫓を押す舟で良かった（充分に間に合った）。動力は付いとらん。

種子島から取り寄せた船は無動力であり、艪と櫂で操船した

ミッコウをナナツヤマでだいぶやったですよ。口之島でやったていうのは当時の常識ですがねえ。わたしらがナナツヤマ（中之島）でやったていうことはほとんど知られておらん。ハシケも何もない時代に、材木を筏に組んで、それを陸からロープで引っ張って……今考えればマンガみたような（笑）……。それでもわたしは真剣だったですからねえ。いっぱい人が居ったんじゃから、少しでも金儲けせんなねえ。あの（集合）写真は連絡が取れた人間だけが写っとるだけで、他にも相当の人間が居った。それがミッコウの始まり。一九五一年（昭和二十六）のころやった。〈証言了〉

ジェットエンジンもズロースも密輸品のうち

沖縄からの積荷は米軍の横流し物資や砂糖が主であった。横流し品の内容は、米国陸軍用衣服や米国製煙草が主である。砂糖は黒糖ばかりではなく、米軍が使用している白糖も入っている。沖縄黒糖は生産が急激に伸びたのか、需要の九倍もあった。それで、軍政府の「作戦指令」が発せられて、住民の需要に見合うだけの生産にとどめるよう命じている。[1] 日本本土では終戦直後の食料や諸物資の窮乏が激しく、特に、砂糖の需要は大きく、高値で取引されていたから、生産量が激増したのであろう。

沖縄から積み出される横流れ品の中には「かっぱらい品」が多かった。新薬のダイアジンは肺炎や淋病の治療薬であるが、中継地の徳之島で九万円で取引されたものが、本土では八十万円の値がついた。[2] 軍政府も看過はしない。戦後四年後になる一九四九年以降は取締りを強化している。海上警備の警察官には拳銃と小銃を携帯させ、警戒にあたらせる。喜界島では密輸団が警官と船員を短銃で脅し、大胆にも警備艇を奪って本土への脱走を企てる一件が起きた。艇は三〇度線を突破して鹿児島へ到着したのだが、非常警戒に当たっていた警官らと格闘の末、捕らえられた。[3] 翌年の一九五〇年になると、金属類の需要が高まり、鉄屑、真鍮や銅、その他の非鉄金属が本土に運ばれた。同年に勃発した朝鮮戦争が金属屑の需要を伸ばしたのだろう。

密航船の中には台湾や韓国の船も口之島に出入りしていた。韓国船は口之島に長期滞在しているが、地金で儲けようとしていたのかどうかは、はっきりしない。ただ、日本籍の船はエンジントラブルを絶えず起こしていて、遭難船もでるほどの老朽木造船が多かったなかにあって、韓国船は速力があった。米軍の警備艇に追跡されると、日本籍の船はたやすく捕まってしまうが、韓国船は逃げ足が早かった。その捕り物劇をつぶさに目撃した人がいる。

一九五一、一九五二年には、名瀬に鹿児島国家警察庁が置かれていて、国境班に二名の警察官が所属していた。そのうちの一名は口之島詰めである。韓国籍らしき船の逃亡劇を目撃したのは、このときの担当警察官の小久保健二氏と、取絞りを受ける側の密貿易船の乗組員であった指宿健七氏である。指宿氏が話している。

「あのときはものすごかったですよ。押さえにきた米軍のエフ・エス（FS）を見て、みんな散ったんですが、海賊船みたいな速力のある派手な、あれは韓国の船でしたかね、最後まで逃げたんですが、それを捕まえようとして、エフ・エスが小型の大砲をボーンボーン撃ち込んで、マストは折れる、ドラム缶は吹き飛ぶで、とうとうエンジンがやられて捕まえられたですよ[4]」。

エフ・エス（FS）とは二百〜三百トンほどの米軍の小型船である。こうした取締りをくぐり抜ける道も、わずかではあるが、存在した。名瀬の測候所に禁制品を持ちこむのである。測候所は沖縄の八重山と宮古にもあったが、これは日本政府の機関であり、治外法権が認められていた。それで、学校の教科書もない現状を改善すべく、教員を本土へ密出域させて、本土で使用している教科書を持ち帰ったことがある。その時の一時置き場として測候所を利用した[5]。

日本から南下して沖縄で売る物資輸送も盛んであり、元値の何倍かで取引されたから、〃唐一倍（とういちべえ）〃の取引と言われていた。琉球が中国大陸と冊封貿易をしていたころ、利益が二倍になって返ってきたので、うま味のある取引のことをそう呼んだ。これに酷似の喩えを、中世ポルトガル人がしている。ぼろ儲けのことを「ネゴシオ・ダ・シナ」（支那の商売）という。しかし内実は「ネゴシオ・ダ・ジャポン」であったようだ。中継貿易をして稼ぐポルトガル人は、支那の広東で絹織物を仕入れ、それを日本に運んで、その代価として金、銀、銅を持ち帰っている[6]。

沖縄で飛ぶように売れた品のひとつに、白地のキャラコのズロースがあった。鹿児島での仕入れの二倍から五倍の値で売れた。沖縄でのズロースの普及が本格的になったのがいつ頃であるかは定かでないが、着用が大正期以前に始まっているからか、日常の品であるとの認識はあったようだ。ヤマトでは昭和七年の東京・日本橋のデパートである白木屋の火災が引き金となって、ズロースの着用が女性店員の命を守る衣類であるとの認識が広まった。和装の女店員は猛火に包まれたビルの窓から、帯を解いてつなぎ合わせ、それを命綱にして降下を試みる。風にあおられて裾がめくれ、身づくろいするつもりで手を綱から放したとたんに墜落死した。惨事の起きた後、白木屋の専務の談話が東京朝日新聞紙上に「今後、女店員には全部、機械的にズロースを用いさせるようにします」と声明を発表した。(7)

沖縄のズロース需要の早さは何に起因しているのであろう。十島村ではありえないことである。その着用が遅く、臥蛇島では大正期に始まってはいたようだが、着用者はごく一部の人に限られていたのではないだろうか。平島では昭和初期に入ってから着用が始まっている。もっとも、十島村には現金の持ち合わせがある人が少なかったから、着用が日常化していた人でも、自分で縫製し、市販のものを購入した可能性は低い。

北上する密航船が北緯三十度の国境線を無事に通過できた場合の最初の中継地は、口永良部島、竹島、黒島、それに硫黄島のどこかである。口永良部(くちえらぶ)島は周囲四十九キロメートル、人口百余名、島の北側に駐在所があるので、南端の七釜(ななかま)というところに闇船は停泊し、密航者を上陸させる。そこには闇取引の仲介役がいて、宿泊所も営んでいる。北側の駐在所員が取締りにやってくることがあるので、七釜から二百メートル離れた小高い山の中に避難小屋があらかじめ設けてある。北側にある集落本村と南の七釜の仲介役とは、日ごろから綿密な連絡をとりあい、駐在所の動きを監視していた。本村からの通報で、駐在所員が南の七釜に向かったとわかると、仲介役は密航者を避難小屋へ案内して、取締りを逃れていた。(8)

口永良部島でこれほど徹底した監視体制がとれたのは、江戸期の密貿易基地としての経験が豊富であったことと関係があるようだ。薩摩藩は幕命で木曽川の改修工事で財政が窮乏した後に、この島に密貿易基地を作った。砂糖を奄美大島から口永良部島に持ち込み、そこから坊津（ぼうのつ）へ運び、その地で闇商人へ売り捌いていた。城下の現鹿児島市に直接陸揚げしたのでは、幕府に見つかる恐れがあったからである。

藩では口永良部島に船の見張り所も用意していた。別に以下のような記述もある。「薩摩藩はこっそり（この島に）洋館を建てて、そこにイギリス人を住まわせ、島の女を娶らせ、その英人を通して、イギリスと交易もしていました」との記述である。(9) その他にも、倭寇の基地であったという伝承も遺っているが、詳しいことは現時点では不明である。

このように、本土側の中継基地として、口永良部島やその近くの黒島や竹島が使われた。九州本土にもある。宮崎県の日南海岸も闇船のたまり場だった。その他、警備の手薄な港を求めて、枕崎、串木野、八代までも足を伸ばしている。使用頻度の違いがあるが、中継基地になった海岸線の港はおびただしい数に上っている。遠く、四国の宇和島も黒砂糖密売の中継基地であった。大阪や東海、関東の港でも取り締まりの対象になった船がある。これまでに確認されているもっとも遠い地は千葉県安房郡船形海岸である。[10]

初期の密航船がどのような装備をしていたかというと、奄美や沖縄で日常に使っている手漕ぎのクリ舟であった。それに中古自動車のエンジンを取り付けて走らせていた。続いて、十トン前後の木造船に航空機のエンジンを取り付けて走らせた。これらの中古部品がどのようなルートで市場に出回ったかというと、沖縄の「戦果隊」の名で呼ばれていた密輸団が供給していたのだが、品々のほとんどは「カッパライ品」であった。[11]おそらく米軍基地から持ち出したものと思われる。なかには旧日本軍の放置品も入っていたかもしれないが、詳細はわからない。また、南の島から本土へ向かう船の多くは木造船であるが、逆に本土から南下する船には鋼鉄船も多くみられたようだ。いずれにしても、小型船がほとんどである。

密航船を取締るのは監視艇なのだが、軍政府側の取締りよりも、本土側のそれの方が厳しかった。本土で足りない物資が国外に流出するのを警戒したからである。それで、闇船が捕まるのは北緯三十度以北が多かった。罪名は関税法違反である。沖縄側の監視が厳しくなかった理由は、艇が少ないうえに、沿岸の「マイト漁」の取締りに力を注いでいたためらしい[12]。ダイナマイトを海中で爆発させると、周辺の広い範囲の遊魚が仮死状態で海面に浮上する。漁師はその魚を拾い集めるだけで大漁が約束される。魚群を一網打尽に捕る手法である。効率のあがる漁であるから、漁師たちは好んで取り入れていた。この漁法は「マイト漁」の名で戦前から行われていた。十島村ではダイナマイトの入手が困難であったから、この漁を手がける漁師は稀であった。戦後、平島でも行われたのだが、点火のタイミングを誤り死者一名を出している。

その後、十島村では鳴りをひそめた漁であったが、昭和四十年代の終わりごろから、五十年代の初めまで、行われるようになった。港湾工事が始まり、珊瑚礁の掘削にダイナマイトを使用するようになったからである。もっともこの時期のマイト漁は一、二の島に限られていた。

話を密貿易に戻すと、手荒な取締りもあり、密航船も対抗手段を考えた。臨検に乗り込んできた警官を乗せたまま出航し、沖で警官を海に突き落としたり、時にはピストルの撃ち合いも見られた。最後には機関銃を据えた武装密航船も登場している[13]。

密航船が無事に北に向かうとは限らなかった。エンジントラブルもあっただろうし、シケに遭い、操船が不能になったこともあった。あるいは、警備艇の追撃を逃れての方向転換も考えられる。特異な例ではあるが、フィリピンと台湾との境にあるバシー海峡を漂流した船もあった。中国大陸沿岸で中共軍に拿捕され、アモイで二年間の抑留生活を送った後に帰国した人もいた。[14]

このように怖い物知らずと思えるほどの行動を取った背景には、何が横たわっているのだろうか。「食べなければ死んでしまうから」とか「暮らしを立て直すため」というだけでは謎を解いてはくれない。徳之島生まれであるが、奄美大島本島の名瀬の街に出てきて、大き用品店を開いた人がいるのだが、その人は二十歳そこその年齢時に、密貿易に忙しくしていた。当時を振り返り、次のような発言をしている。

「……そりゃあ、儲かりましたよ。二倍も三倍も儲かりはしましたが、船が遭難しかけたり、捕まりそうになったら、品物をみんな海に投げ捨てて逃げたりするでしょう。命と金と引き換えですよね……（中略）……何があんなに命かけてまで、金儲けがしたかったんだろうと考えたんですがね。やっぱり若かったからスリルがあったんでしょうな[15]」。

（1）『沖縄県史　資料編　十四』　沖縄県教育委員会　二〇〇二年
（2）『道の島通信　六号』　奄美ペン会議　一九七五年
（3）『改訂　名瀬市誌　二巻』

（4）『軍政下奄美の密航・密貿易』　佐竹京子　南方新社　二〇〇三年
（5）『うらみの北緯三〇度線』　深佐源三　私家本　一九九二年
（6）『大航海時代夜話』　井沢実　岩波書店　一九七七年
（7）『「死語」コレクション』　水原明人　講談社現代新書　一九九六年
（8）『密航・命がけの進学』　編著：芝啓輔　五月書房　二〇一一年
（9）『東シナ海と西海文化　月報八』　発言者・谷川健一　一九九二年
（10）『琉球列島「密貿易」と境界線』　小池康仁　森話社　二〇一五年
（11）『道の島通信　六号』
（12）参考資料として『沖縄島』（霜田正次　筑摩書房　一九五七年　七十二頁）がある。これは小説であるが、現実に近い描写がなされていると思われる。
（13）『道の島通信　六号』
（14）『道の島通信　六号』
（15）「沖縄への渡航と密航」　発言者・指宿健七（昭和三年生）『軍政下奄美の密航・密貿易』所収

かみさんが逮捕一号

〈証言〉

わしより四つ下の福納(ふくのう)ていう男が、遅れて与論から来たですよ、開拓する、って言うて。家も何も無いもんじゃから、わしのところに一緒に居って、自分の家を建てて独立するまで、わしが面倒をみとった。そうしとるところへ林ていうとが、「中之島には温泉があるから、遊びに行く」ちゅうぐらいの気持ちで来た。福納の親戚になるわけですよ。親戚どうしやから話がはずむ……。

そうしとる間に、わしが独り身じゃていうことで、福納がわしに、「早う嫁をもらえ」て。福納が林に「おまえ、姉さんが四人も居るんやったら、ひとりぐらい遣れ！」て。これ（福納）が勝手に与論にいるわしの親父に伝えとる。わしもビックリした。そうしたら、親父はそれを真に受けて……同じ年頃の男は兵隊に征って、戦死したりで（与論には）いないでしょうが……それで話が決まって……（義弟になる林青年は、その後中之島で所帯を持ち、半田さんと同じ日之出区池原(いけばる)の住人となる)。

わしのオフクロが後で言う話が、「上と下がおるが、どっちや（どっちを嫁にもらいたい）て、聞かれても、何も言わずに貰うて言うた、て。そんな話があるか」て、親父を責めとった（笑）。

うちの長男が昭和二十六年の十月に生まれたんですよ。家内が与論の親元に孫を見せに連れて行ったんじゃが、そうしとる間に、北緯三十度と二十九度の間にある十島村（トカラ諸島）が日本に復帰してしもうた。うちのヤツだけじゃなくて、与論からここに来とった福納も一緒に帰っとった。これがなぜ帰ったかていうと、与論の財産を処分して（そのあがりを）砂糖と換えてこっちへ持ってくれば高く売れる、って。そのために帰ったわけ。奄美でねえ、一斤が三十円で買(こ)うてきて、それを口之島へ運べば五倍にも六倍にもなるていう話やった。うちのヤツは、ただ、親に孫を見せるだけで帰って来たわけな。そうしたら、密航第一号で捕まった。

それからが、警察とわしとのつき合いが始まりでねえ（笑）……。

わしがこう言うたのよ。

「あんたはそう言うけど、一般の連中は（復帰のことなど）全然わからんのじゃ」ち。

「あんたは、少なくともねえ、警察のエリートやったらねえ、何月何日に三十度線から南の十島村は日本が復帰するということは、わかっとったのじゃないか？」ち。

「なんで、知らしてくれんか!」ち。「国の法律を破ったわけじゃなし、実家に孫をみせにやっただけじゃないか。帰ってきたら、密航じゃないか!」

「なんで、こっちに黙って復帰させたのか」ち。

「いまから、大島に行ったら、帰って来れんぞ、とあんたらはわれわれに通知すべきじゃないか!」て、逆にやっつけて(笑)。……それが有名な男でねえ、鹿児島県警の本蔵休則(やすのり)ていう警部補やった。

「話はわかった」ち。「あんた(半田さん)には勝てんわい」て(笑)。

その後に、密航船に乗って何人かナナツヤマへ来たわけよ。わしが知っとる者も居ってねえ、ナナツヤマのハマに皆が降ろされるとわかったら、(わしは)さっそくハマへ下りて行って、「絶対に警察の目を逃れては、ここから(中之島から北へ)は行けん。そやから、わしがこれから警察に通報するから、見られて悪いヤツは全部山の中へ隠せ」ち、言うたわけよ。そして、乗ってきた船の名前を聞かれたら、違う船の名を言え、っち。当たり前のこと(本当のこと)言えば、今度はその船が捕まるからねえ。

そうして下(した)(ナナツヤマとは反対側にある在来の部落)まで降りて行って、(警察に行って)「こうこうして、自分の知った者が（密航）船で来たんじゃが、ナナツヤマに降ろされて、どうにもならずに、困っておる連中が来とるが」て、警部補に言うたら、ほんに、まじめな人で、暗いのにねえ、電灯つけて、「今から行く」て言う。下からナナツヤマまでは山道で、二時間はかかるが、ハマまで行って、持ち物から何から、全部調べるわけよ。

わしがそのときに、「しまった」ち、思うたとがねえ、たまたまその連中は与論から来るときに、缶詰を鹿児島の身内に持って行ってくれって、（島の人に）頼まれて……。警部補が（それを見つけて）「開けてみぃ！」ち。もう、それを言われたときには、わしも観念したですよ。そうしたら、手紙が出てきた。警部補が手紙を見てねえ……。わしは、どんなことするのか、て、ジッと見とったら、深刻な顔するわけなあ。与論の女の子がね、親戚の人がミッコウで鹿児島へ行くて、知って、（その子は）自分の叔母が鹿児島に居るということを、親から聞いておるわけな。それで、（ミッコウの連中に頼んで）叔母宛の手紙を持たしておるわけ。手紙の文面が、「こういう世の中になって、自分にも叔母が居るということを親から聞いて、逢いたい」ち。「平和な世の中になったら、叔母に逢えるだろうか？」て。

自由に往き来ができないもんじゃから。それを見た警部補は、びっくりしたんでしょう。かわいそうと思うたんでしょう。それで、ころっと態度が変わったです。〈証言了〉

岩下姓しか居らんのじゃから……

〈証言〉

十島村が日本復帰したらですよ、軍政府との境界が本当なら宝、小宝（宝島、小宝島）じゃけれども、税関はずっと北の中之島にできたです。中之島には役場もあるし……、坂元という税関職員が来た。この人は大山村長の大連時代の同僚だったんですよ。村長は大連あたりで領事館に務めとったから。

そうしたら、大島（奄美大島本島）、与論あたりから小宝にまで平気でやって来る。あれだけ盛んだったミッコウ時代の口之島も、復帰と同時に闇船もピシャッとなくなった。今度の境界線（北緯二十九度線）は奄美大島本島と十島村の南端にある宝島、小宝島の間に敷かれたわけね。ところが、税関が境界線近くにないから、大島や沖縄からの密航船は宝や小宝には簡単に来れるわけですよ。小宝まで来れば密航が成功したことになるわけ。もう、大きな顔して本土へ行く、って言うて中之島に寄っていく。どっこい、ここにはケイサツが居って、沖に船が停まったなら、いちいち臨検に行く。どこから来たか、て糾せば、小宝島からだって答える。「名前は?」て聞いたなら……「おまえは密航じゃ、上がれ!」て言うて(笑)。船の者は密航が成功したつもりで居るから、本名(岩下姓以外の本名)を言うわけね。ところが小宝には岩下姓だけしかなかったんですよ。

そうしたら、(捕まった)その連中が困るわけよなあ。たまたま(密航者のなかに)わしが中之島に居るというのを、聞いて知っとる者がおって、(本蔵警部補にむかって)「こういう男がここに居るんじゃけれども……」て。「うん、あれのとこなら、行ってもいい」て、言われたて言うて、夜の夜中に下部落からナナツヤマに来るヤツがおったですよ(笑)。

警部補は状況がわかっとって、特別に怪しい者でない限りは捕まえんやった。ナナツヤマに夜に来て調べたときに、こう言ったですよ。

「もう、やかましくは言わんから、船がここに廻って来て、行くときは(鹿児島へ向かうときは)もう一回、荷物を調べさせ」て言うた。こっちが隠しておることはわかっておるからな(笑)。「はい、わかりました。必ずそうします」て(笑)。(船がナナツヤマに立ち寄ったとしても警部補には)「裏(島裏のナナツヤマ)に船が廻ってくるつもりにしとったら、何と、そのまま、屋久島へ行ってしもうたが、わしゃあ、どうしようもなかった(と、とぼけて)」、「へえ、へえ」と笑ってそれで終わり。警部補が言うには、「もう、永くはないよ」ち……。言うたとおり、一年余りした昭和二十九年に奄美が復帰した。

それから二十年近く後の、昭和四十六年か四十七年に、永田萬蔵村長が鹿児島市内の鼓川（つづみがわ）に自宅を新築したとき、その落成式でたまたま一緒になったわけよ。警部補が、「あんた（半田氏）には、あのとき、もう……それだけは言うてくれるな」て、大笑いした。その後、中央署の署長までして、警察学校の校長までやった人やった。その人を十島村の復帰五十周年記念（二〇〇二年）に招待しようかて、思うたが亡くなっておった。大学出のエリートの警部補やった。その人とはいろんな関係があってね、密航時代の話をしたら、一晩では話のキリはないけど……。〈証言了〉

Ⅲ 開拓行政

軍令に活かされた笹森儀助案

戦後、奄美群島やトカラ諸島では外地からの引揚者や復員者が多くみられ、そのために食料難と失業対策が危急の課題であった。軍政府は管内の余剰人口を食糧増産に向けるべく、開拓地の候補を三つあげるようにとの指示を大島の政庁職員に出した。そのときの候補地は、奄美の喜界島、徳之島、それとトカラの中之島であった。後に喜界島は候補から外される。

奄美群島やトカラ諸島が描かれている地図上では中之島は点に近い。それほど小さな島がなぜ選ばれたかを考えるとき、見逃せないのが、笹森儀助の著した『拾島状況録』（一八九五年、明治二十八刊）である。笹森儀助は青森県津軽地方の旧藩士であるが、維新政府への不満を持ち続けながら、各地を視察して歩いている。津軽の地にあって目の当たりにする農民の疲弊は、国家の基盤をないがしろにする維新政府の愚策のなせる業ととらえる。願うところは日本の国力を充実させ、それにあわせての辺境防備に力を入れることであった。本人は国内だけでなく、満州や朝鮮半島にも足を延ばし、多くの調査報告書を記している。

儀助は一八九四年（明治二十七）から四年間、奄美大島行政の最高責任者である島司を務め、着任した翌年には十島村（トカラ諸島）を巡り、大部な『拾島状況録』を著した。歴代島司のなかで、十島村を巡ったのはこの人だけである。

先の書には各島の詳しい地誌が載せられているのだが、やはり、辺境防備を十全に備えるためにも、辺地の開墾は欠かせないという意識が働いている。そのなかで中之島の項では、「本島全体を通し千戸以上の戸数に増加するも、独り農業のみをもってするも、生活に難しからず」（原文は仮名混じり文）と結論づけている。地図上では想像もつかないが、広大な平原があり、千メートルにわずかに届かない高嶺の麓には巨木が繁っていることに当人は驚いている。

笹森島司は在任中に大島郡農事集談会という名称の組織を作り、自身が会長職に就いて、若い農業従事者を励ましては褒賞を授けることに余念がない。その賞にあずかったひとりに徳丸幸良がいた。「右　平素農事ニ勉励シ村中ノ模範トナリ　且他ヲ誘導スルノ志厚キヲ認メ　茲ニ大島郡農事集談会ノ決議ニヨリ　其ノ奇特ナルヲ褒賞ス」(1)と書面をもって徳丸青年を励ましている。明治二十八年のことであった。

その二年後、青年は中之島の現地の下調べをして、翌明治三十一年四月に同士と共に、中之島への移住届を提出した。(2)提出者の総計は二十名であった。

笹森儀助島司が大島本島の農民を中之島の開拓に送り出した動機がいくつか考えられる。ひとつは、笹森島司が日ごろから気に掛けている国力の増強と辺境防備にとって、南の島々の果す役割を重く見ていることである。それと、農事集談会を開く数か月前に出逢った藤井富伝のことが頭から抜けなかったためであろうか。富伝は、火山灰に埋まり無人となって六十年経つ島の開拓に挑んだ奄美大島笠利村の人である。トカラの島々を巡回している中で、諏訪之瀬島で出逢った藤井富伝はひときわ印象にのこった様子だ。

更なる動機として考えられることは、大島本島では農業経営の基盤が脆弱で、商品作物の栽培が定着しないことへの打開策を模索していた。サトウキビ栽培のみを強制させた為政者の姿勢へ言及はしていないが、本島農民は農産物の上がりで暮らしを立てようという意欲に欠けていることを直感している。あらかじめ指示された量の黒糖生産ができなくて、農奴身分のヤンチュ（家人）階層に落とされれば、農事への愛情はかき消され、集約的な農業生産などできるはずがない。このことは、同じ群島内の沖永良部の農業と比較して見ると良くわかる。(3) 島司は、そうした奄美大島本島の農業現状からの脱却を、徳丸幸良たちに託したきらいもある。

〈証言〉

徳丸家はヒガシ（東区）の生みの親で、ヨリキ（寄木）の一番端にある。考えてみれば、一番良いところよね。なぜ一番かて言えば、あの家の横には水が湧くところがある。生活はまず水ですよ。ニシの人に嫌われて、一番端に位置取りしたわけではなかろう、ち思う。ヤルセの海岸線に「コウリョウハマ（幸良浜）」ていう名前が残っとるが、その人の印象が残っとるのでしょう。大島からバンシロウ（柑橘類の一種）の種を中之島に持ちこんだのもこの人って聞いとるです。

徳丸家は今でも元のところにあるですよ。継いどるのは、松下建設の仕事で来とった、姶良かそこいらの男で、吉元と言うたが、そこに婿に入っとる。あんたと吉留建設の運転手をしとった男よ。その家に行けば、いまでも幸良の写真がありますよ。鴨居には儀助から貰うた表彰状も、文園彰村長から貰うた村の功労者表彰状も飾っとる。

幸良の子と思うんじゃが、徳丸シゲジと言う人は記憶しとる。その家内はエバタていう村長（幸良の出身地である奄美大島の笠利村長か？）の家内とは姉妹でね。一時期、その系統の人がヒガシで店屋をやっとったから、徳丸家はいつもその店へ買い物に行きよった。やっぱり親戚じゃなあ、ち思うた。〈証言了〉

入植して三十五年後の一九三三（昭和八）年の十一月には、時の文園彰村長から十島村開発功労者として表彰状と金一封が贈られている。他に特異な副賞として『七島問答』と『十島図譜』の二書がある。共に白野夏雲（鹿児島県勧業課）の筆に成る。笹森儀助は『七島問答』を大いに参考にして『拾島状況録』を著している。

徳丸幸良の一団が入植した後の出来事であるが、一九〇八（明治四十一）年に島嶼町村制が敷かれた。それ以降は、これまでの「一島共有地」が村有地に名義変更された。地租改正が明治一七年から一八年にかけて行われたのだが、それ以前は、島の土地全体が島民全戸の利用を許されていた共有地であり、「一島共有地」の地目で地券が発行された。ところが、島嶼町村制施行と同時に官有地化され、その事実は二十三年間告知されなかった。島民が気づいたのは一九三一年（昭和六）である。

その後、県と村と島民の間で激しいやり取りがあった。(4) 結果は、地租改正時に図面上で作られた三十二の字の内でトクノウとエイの二つが「貸附林」として、期限を定めて中之島民の入山を認める。自分たちが使いたい樹木を伐採することができるようになったわけである。その他に、タコウ（高尾）の平地は従前の約束通りに、中之島の本家筋二十八戸のものとなる。タコウ平地の一部がトクノウ（徳の尾）字に掛かっているが、それも所有が認められた。

そうした土地争議が一段落して以降、西区の分家や縁者のなかから、耕作が可能になった地いた。

を開墾する者もいた。戦前に、オオキ（大木）に一戸、タコウ（高尾）に三戸、ヤルセに四戸、それと、ヤルセの方から東区へ向かって尾根に上っていく途中の窪地に三戸が点在していた。

以上の十一戸は「下」のヒガシやニシから遠く離れているが、東区の隣り組のひとつになっていた。

終戦の翌年の一九四六年（昭和二十一）二月に、軍政府からの電報が中之島に届いた。中之島への連絡に電信が使われたのは、同島に村役場が置かれていたために復旧を急いだこともあるが、電信業務を担当する郵便局職員の手回しの良さがめだつ。無線用の電柱は戦前から建っていたのだが、戦時中には米軍の空襲を回避するために、柱を倒して保管していた。それだから、戦後に建て直すのも早かった。戦時中はサイパン島から飛び立って本土空襲へ向かう米軍機が、帰路に未使用のまま搭載していた余剰爆弾をトカラの島々に投下し、島々で死傷者も出ている。

電報の内容は、近いうちに入植者が中之島に向かうという知らせであった。それを知った西区住民は、即刻名瀬の軍政府に打電した。「開拓民を中之島に送り込んでも、島に上陸させない」と、同島の在来島民である西区住民は猛反対する。西区住民が現在の居住地に移ってくるはるか以前には、現住地の西海岸とは反対の、島裏とも呼ばれている東海岸沿いのシラキ（白木）やヤルセ（ヤル瀬）、あるいはナナツヤマ（七つ山）に居を構えていた。それから何千年か後の霜月祀りにおいても、島民が最初に祀るのはシラキやヤルセの神さまであった。神役たちが二班に分かれて、一泊二日の行程で両神を祀り、その後に集落に戻って神事を続ける習いがある。シラキには縄文遺跡もみられ、遠い太古の神々こそがありがたい島建ての神なのだった。それほどの長い歴史をもっている西区の人びとは、他島からの入植者をこころよくは思わない。徳丸幸良たちの入植時にも数々の問題を起こしている。

西区の抗議に軍政府も黙ってはいない。命令の貫徹を図るために、返電を受けた翌朝には中之島に御用船を差し向けた。中之島に着いてみると、波浪が高くて西区のミナト（舟着き場）がシケていた。島の側では、沖掛かりした御用船に通わすつもりでいたハシケ舟を出すことができない。そのために本船は、風下に当たる島裏のナナツヤマの沖に廻航して仮泊した。翌朝は海上が少し穏やかになったので、島のハシケ舟を沖掛りしている御用船へ通わせた。乗っていたのは島の主だった者たち二十人ほどである。その中には小中学校長も含まれていた。甲板にはあらかじめ席が用意されていて、二十人分の馳走も並べられてあったという。

軍政官が、「開拓計画は軍政命令であることだから、違反者は即刻逮捕し、ニューギニアへ遠島する(1)」旨を口頭で島民に伝えて、計画を承服させる。ニューギニアの正確な位置を知らない島民もいたであろうが、「……遠島する」の響きには敏感に反応したことと思う。薩摩藩の政治犯で遠島処分を受けた場合、流刑地の多くは現十島村や奄美群島のどこかの島であった。幕末の西郷隆盛が流されたのは奄美大島本島の笠利村と沖永良部島である。そうした罪人を受け入れる側であった島民たちであるが、遠島人たちと殺傷沙汰を起こしたことはない。恐ろしい想いを抱いたのは、「ニューギニア」が二度と戻れない「あの世」に思えたのかもしれない。

島民は軍政府の指令を黙って聞いているしかなかった。島内のどの地区を開拓地として在来島民が認めるかが議題に上り、シイサキ（椎崎）、ヤルセ、それとナナツヤマに開拓者を入植させることに決まった。徳丸幸良たち以来の大型開拓団を迎えることになった。四十八年ぶりのことである。

（1）この文面が載る褒賞状は中之島東区の徳丸家に保存されている。

（2）『笹森儀助大島島司中　島庁関係資料（二）』（奄美史料九）　鹿児島県立図書館奄美分館　復刻：昭和五十四（一九七九）年

（3）「ヤマトとナハのはざまで」大山麟五郎　『新沖縄文学　四十一号』所収　沖縄タイムス　三十五頁

（4）「一島共有地を守る」稲垣尚友　『トカラの伝承』所収　ボン工房　一九七一年　二十七頁

開拓農協以前

1　素潜り漁師たち

開拓者でない人たちがナナツヤマに溜まっていたことは先に書いた。そうした人たちの中には漁師もいた。そのすべては素潜り漁師である。小舟を所有している漁師はひとりもいない。ほとんどがイトマン、あるいは訛ってイチョマンと呼ばれている人たちである。深く潜れるという技術を活かして、魚以外のものも水揚げした。

〈証言〉

やっぱり、利口な人は居るもんじゃなあ、て思うた。最初にちゃんと歴史を調べて、琉球の沈没船がどこどこにあるていう情報を摑んでおる人が居って、その人に雇われて山小父（オジ）なんどが来とる。山オジは沈没船の財宝揚げに何人かの潜り手と一緒に来とったですよ。初めっから開拓が目的で中之島に来たわけではないんでね、ナナツヤマよりか北にあるシラキ（白木）沖

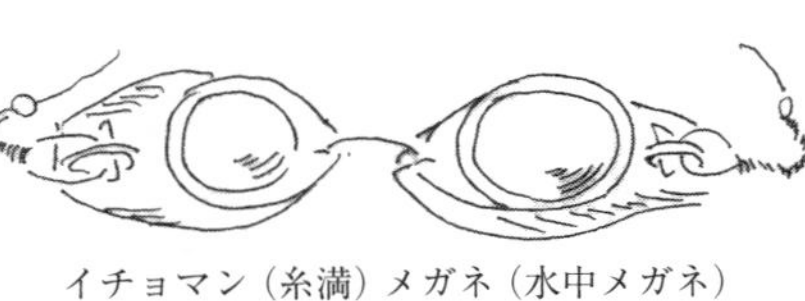
イチョマン（糸満）メガネ（水中メガネ）

に琉球沈没船が沈んどって、素潜りで小判なんどを引き揚げとった。連中はいったん引揚げてから、しばらくして、今度は潜りの連中ばっかりで来てねえ、海底から引き揚げたものを持ち帰っとる。だから、一回目は、引き揚げんで、値打ちのありそうな物は海底にこっそり残しておったんじゃろうなあ。

　山オジは与論の出身で、イトマン（素潜り漁師）上がりの人ですよ。本名は山（やま）　福富（ふくとみ）よ。あちこちの島の海を、漁をして渡り歩いた。ヒガシ（東区）に居た振木（ふるき）友親とは同年配で、ふたりともイトマン上がりやった。

　山オジのオジに書道の大家がいてね、わしが通っておった与論の那間小学校の先生で、後には校長までした人で、「山西勝（やまにしまさる）」て言いよった。「山」を「山西」に替えとったですよ。あんたも知っとるじゃろう、ヤルセに居ったチカシ兄の姉さんの姓は「国」やったが、歳とって都会に出とる子どもの元へ行ってからは「国永」になっとる。東区の「伊」の一族で、役場に務めとったのが「伊東」で、その弟が「伊原」で、もう一人が「伊添」で、全部名前が違う。龍郷村の「平」一族が「平岡に」、ていう具合に替えとる。平島にも居るよ。「用（もちい）」姓が「用澤（ようざわ）」と「用澤（もちいざわ）」に、「朝」が「朝野」に替えとる。日本が朝鮮を併合したときに、一字姓は朝鮮人と間違えられるから、改名してもよい、ていう法律ができたが、いまだに生きとるんやねえ。

戦前は、家督は長男が継ぐのが民法で定められとったが、山オジの父親は長男であったにもかかわらず、跡を継がんで分家しとる。ところが、戦後、本家を継いだ者が土地を売買しようとしたら、所有者がその父親の長男である山福富になっとった。分家したとはいえ、財産分与されたわけで、本人は驚いとったですよ。山オジは、そのときはすでに中之島のナナツヤマに来とったから、正式に手続きをして本家に土地を譲ったがね。

山オジは海の仕事が達者やったから、コボシメ（コブシメ）をナナツヤマのワキ（脇）というところで、一度に十二、十三疋突いたこともあるですよ。連れ合いが背負いカゴを負って、捕れたコボシメを（海から）ハマに運んでおったのを憶えとるがね。

軒先に干されたコボシメ

山オジがいつも言うとったが、タカモト（高元）（本書26頁地図参照）には離れ瀬があるが、あの瀬とハマとの間は泳ぐな、ち。人を呑むアラが居る、ち。素人は迂闊にあすこに潜るなよ、て。わしら、そんなこと知らずに弟を連れて、丸木舟を漕いで、弟は潜って魚を突いて……島裏は人が荒らして居らんから、楽に魚が突けるが、て言うてねえ。タカモトからシラキ（白木）の方へ行くが、て言うて二人で向かったんですよ。

タカモトとハマとの間のシオ（潮流）が速いもんじゃから、ぜんぜん舟が進まん。あんまり速いから、いっときオオキ（大木）の湾に入って、シオ休みていうて、シオがおさまるまで待ってから出ていってみた。……（櫓を押しても）一寸も進まん。また湾に戻って……三度目には、どうしても進まんから、「おまえ、オカ（陸地）を見とれ！」て弟に言うた。オカを見とって、（目測で）舟が少しでも進んどるかどうか見とれよ、て言うたら、弟が「自分が飛び込んで舟を曳くが」て言うわけよ。「待てっ、動く（進む）かどうかやってみっから」て言うたら、弟が「少しずつ動くど」て。「ええ、そんなやったら、大丈夫じゃが」て。行って大漁して、帰りは、もう、舵だけ取って、シオに乗ってシャーって走ってくるわけよ。その話を山オジにしたら、目を丸くして、「おまえ、あすこには人を呑みこむアラが居るど」て、山オジに脅された（笑）。

イトマンは中之島近海によう来よった。密航時代に発動船に曳かれて沖縄のサバニ（無動力の板付け舟）を、四艘（はい）ぐらい曳っぱって、ここまで来とる。あれは追い込み漁やった。連中は戦争中の火薬をいっぱい持っとって、大きな缶に火薬を入れて、海の中に投げ込んで爆発させてから、舟から飛び込んで、浮いた魚を拾うて……たまたま山オジと二人、わしは昼飯に唐芋

イチョマン漁師が乗るサバニ

を煮て弟にやる考えで、一緒に行っとったですよ。山オジが沖縄の連中に、「わしにも魚を拾わせんか！」て言うたら、たいして多くの魚が浮かんでないからいいよ、て返事したらしい。そうしたら、山オジはイトマン上がりじゃから、やいやい（どんどん）捕ったらねえ、「もう、おまえ、止めれ！」て言うた、ち（笑）。

止めて、離れ瀬にひとり立って、あれら（イトマンの連中）がするのを見とった。あの瀬の回りだけは深いんですよ。そうしたら、何とかて言う魚、与論あたりでは、良い魚ではあるが、ときによっては当たる（腹をこわす）て言われとる魚が泳いどるわけよな。胸ヒレを倒してみて、ヒレが長かったら当たるんだという。山オジがね、これは（目の前の魚は）ヒレは長くないから大丈夫じゃ、て言うて、海に潜って突いたわけよ。突いても、太うして（大きくて）引き揚げきらん。オカに居るわしをわっざい（大声で）呼ぶわけよな。わしが行ってみたら、山オジが、「突いたが、揚がらんから、ワイも加勢せえ」て言う。

二人で引き揚げたら、こんな大きなヤツですよ。半分はわしが貰うて、隣りに与論出身の大家族が居ったから、それにやったわけ。……みんな、それに酔うて（当たって）……わしはちょっとしか食べんかったから、何ともなかったけど……。山オジは、こんなに言うとった。与論から南の方は、あの魚がカニを食べとるから、その魚を食べると当たるという話があるが、ここにはそういうのが居らんから、食べても大丈夫や、て山オジは言うとった。大家族は食べ過ぎたか何かしらんが、わしがやった魚に当たって、ビックリしたことがあるですよ。

いっぺんは、こんなことがあった。突きかたに（魚突きに行くのに）わしが山オジを舟に乗せて、……山オジが潜って、舟のへた（舷側）まで上がってきたとき、「おい！この縄を引っ張れ！」て言うんですよ。何かて思うたら、「亀の寝とるヤツを縛ってきたからな」て（笑）。寝とるヤツの足を縛っとるわけよ。亀は海の中で寝とるらしいんよ。泳いではとても亀には勝てんから、足を縛ってきたから舟から引き揚げろ、ていうわけよ。本人は空身で上がってきた。

わしがナナツヤマに来てから、与論の連中が二度潜りに来とる。一度はわしの姉さんのダンナで、二番親方でここに来とる。義兄は与論一の潜り手でねえ、三十尋（およそ四十五メートル）は潜るですよ。それぐらい潜ったら天才ですよね。同じ漁をするんでも、二十尋（三十メートル）潜れば格が一段上がって……一番手が深海で何分間か仕事をしとるから、息が続かん。その者が浮上してくるときに、助けに行く。網が下の根に引っかかったときにも、一番手が上がって来るときには、下から（一番手の体を）押し上げてやる。普段は他の者のようには仕事をせんで、船に乗っておる時間が長い。それでも、収入は他の者より良かった。

山オジには息子がいたが、鹿児島に引き揚げて警察官になったんだが……。それが、警察の話の面白さ、人間の偶然さ。今の中之島に来ておる香月て言う警察と話しておって、わしが、姉の子も警察じゃが、て話しかけたら、相手が「名前は何て言うんですか?」て聞くわけ。里山じゃが、て。エッ、て言うて、「ひょとしたら、鉄男さんじゃないですか?」て言うから、そうじゃが、ち、言うたら、ビックリして、自分はあの人の下で何年も働かされた男じゃ、言うて……。

山オジがわしよりか、ひとまわり上だから、とうに亡くなっとる。最後のころは入院ばっかりしとって……わしが来た当時は、あの人に世話になったですよ。与論から先に来とった連中で、カルイ（背負いカゴ）作りが上手なヤツが居って、バラ（丸い盆ザル）も編んだりしとった。仕事がない時じゃったから、山オジもその男に習うて、どうにかこうにか、ソウケ（ザル）を作ったりしたが、あれは簡単にできたごとある。そうしたら、それを欲しいていう人が下の部落（ニシ区とヒガシ区）に居って、芋を持って来て、「換えてくれ」て言うて、当時の食料難の時代に。

山オジはナナツヤマでの暮らしを何年かした後には、下のヒガシ（東）の部落の温泉の上のトノゴーに移っとる。わしがナナツヤマに来た当初は家にフロもなかったから、下の温泉に入りに行き、帰りに必ず寄って、ご馳走になって帰りよったですよ。山オジには世話になったが、後にはあの人のことを（世話を）そうとうやったよ。あの人が歳とったら、もう、漁も行けなくなって、そして、（わたしが手続きして）生活保護もらって、あの人を病院へ入れたら……（担当の福祉事務所の斡旋で）いろんな病院へやられる（入れられる）から……わしが病院へ見舞いに行ったらなあ、自分は鹿児島市内のことはぜんぜんわからんから、買物しようにも行けん、ち。どこか大きい病院はなかろうか、ち。そいで、大きい病院を紹介して、入れたですよ。大きければ、売店もあって何でも買えるようになっとるからね。それで、わたしが山オジの面倒を最後までみたですよ。〈証言了〉

イトマン漁師が十島村（トカラ諸島）に初めてやってきたのはハッキリしないが、明治以前であることは間違いない。幕末の嘉永二年（一八四九）に奄美大島へ遠島の刑に処せられた名越佐源太が著した『南島雑話』に、絵入りで紹介されている。十島村内の小宝島はエラブウナ

中之島東区温泉

ギ（エラブウミヘビ）の捕れるところであるが、そこにはクダカ（久高島）のイトマン（潜り漁師）が来ていた。名越佐源太は絵描きの素養に長けていて、そのエラブウナギを捕るクダカ漁師を描いている。地域によっては、素潜り漁に長けた人たちを「イトマン・クダカ」という熟語で呼び習わしていている。もともとは沖縄の地名である「糸満」と「久高」を合わせた語である。三、四人が乗り込んで、手漕ぎの板付け舟で海原を縦横に往き来する術を心得ている人たちである。現在わかっているのは、北は福井県の敦賀にまで行っている。南はニュージーランドまで渡っているが、こちらは、もしかしたら、途中の海は機械船に曳航されたか、あるいは舟本体を現地まで船積みした可能性もある。その他に伊是名島や与論島にも多くのイトマンがいた。島によってはイチョマンと訛るのだが、この語には固有の意味を持たせていて、素潜り漁に優れている人を指している。トカラでは軽口を叩いて「ワイはイチョマン大学卒業やなあ」と、素潜りの達者人をからかい半分、畏敬半分で呼んでいる。

中之島へは昭和の初めに、父親と弟二人と共に渡ってきていたイトマンがいた。漢那(かんな)三郎という漁師であるが、通称の「サンダーシュウ」の名で親しまれていた。この人も素潜り漁の第一人者である。出身地は沖縄であるが、どの地域なのか、わからない。「イトマン売り」のコトバが残っているが、貧乏な家庭の幼い男の子を安い値段で買ってきて、イトマン漁師に育てる例が多いので、出生が正確に伝わらない場合もある。

サンダーシュウは追い込み漁の技法を中之島に伝授した最初の人である。この漁法はイトマンの得意とするところである。網を海面近くに浮かべ、何人ものイトマンが水しぶきをあげながら、縄の外側から入江に追い込む。同時に、石を括(くく)りつけた縄を上下させて、海底の岩を叩いて魚を脅す。魚は音響に敏感に反応するので、魚群を一定方向に追い込むことができる。袋網に追い込んでからは、タモで掬って捕る。

「漢那三郎」の名は戦前の陸軍の文書に載せられている。戦前に鹿児島新聞に籍をおいていた茂野幽考からの通報で、「新聞記事に関し大島の状況調査事績の件通牒」(昭和九年六月二十六日付)として、アジア歴史資料センターに保存されている。茂野氏の証言に、「文園村長はダイナマイトを勝手に使用し、渋澤仔（渋澤敬三仔爵）歓迎会の前日に漢那三郎外二名を使用し魚八十斤を取ったとの噂」としてある。仔爵一行が民俗調査のために来島したのは同年五月である。茂野氏の通報は翌月であった。その歓迎会で使う食材の調達に一役買ったのが漢那三郎たちである。一斤は六百グラムであるから、四十二キロの漁獲高であった[2]。

ダイナマイトを使用しての素潜り漁はかなり前から行われていた。点火したダイナマイトを投げ込むと、その周辺の魚が仮死状態で浮上する。潜らなくとも、海面に浮上した魚を拾い歩けばすむ。いわば一網打尽の漁といえる。この漁をイトマン漁師たちが始めたのだが、目に見えて魚が減った。なお、茂野幽考氏は民俗学者でもあり、『奄美大島民俗誌』や『奄美染色史』といった、貴重な研究書を上梓している。同時に、『異国船撃攘秘史』といった書物も著している。

サンダーシュウは家族そろって中之島へ移住しているが、開拓団には加わっていない。太平洋戦争の最中も、終戦後も同島東区で暮らしている。戦中戦後の中之島小中学校の校長を務めた宮山清氏の著した『黒潮の譜』のなかにも漢那三郎の名前が出てくる。終戦の四ヶ月前の日記に「……金八円豚肉代、漢那三良しゅうへ。二斤頂く。」とある。サンダーシュウは豚を飼って糊口をしのいでいたようだ。希望者に豚肉を小分けして売っていた。校長は二斤（一二〇〇グラム）を八円で買っている。

（1）普通語の「小父さん」のことをトカラでは「オジ」または「ジイ」と言うが、奄美では「ウジ」と言う。

（2）「ピーピーどんぶり考」新里貴之『鹿児島考古　第四六号』鹿児島考古学会　二〇一六年

2　首根っこを捕まれた村長

半田さんは人の面倒をよくみる。先の山福富の場合もそうであるが、生活が困窮している家庭には、周囲を巻き込んで支援の手を差し伸べようと奔走する。独居老人や母子家庭への配慮も怠らない。生活保護を積極的に村役場に要請もする。ときには村長に直談判することもやぶさかではない。

半田さんが中之島にやって来た一九四九年（昭和二十四）には、すでに甚熊小父はナナツヤマにいた。出生地は広島県であるが、県内のどの地方であるかはわからない。ふと漏らした独白では、北隣の口之島に子どもがいる様子であったが、これも定かではない。年配者であり、開拓民として渡ってきたわけではない。

日本復帰直後（1953年）のタコウの直線道（半田さんの記憶に基づく作図）

終戦後の数年間は、中之島のニシ（西区）の力が強大で、大挙して入ってきた開拓民に対して強気であった。開拓政策は米民政府の後押しでなされたものであるが、ニシの住民は外部からの移住者を認めようとはしなかった。ナナツヤマで暮らす人を無視して、牛を放し飼いにしたために、甚態ジイの粗末な家などはひとたまりもない。そうした状況にナナツヤマの区長であった半田氏が激しく抗議して、放し飼いを止めさせた。ニシ区がそうした排除姿勢を採る背景には、「軍令に活かされた笹森儀助案」の項の中で述べたように、地租改正以前は中之島の全島の土地は個人の占有権は認められていても、私有するという慣習はなかった。宅地であれ、耕地であれ、規定の期間放置されたままになっていれば、部落総会での承諾を得ることを条件に、その跡地を島民の誰が使用してもよかった。「皆の土地」という意識が根強く保た

現在（2021年）のタコウの一本道

れていたのは、外部から入ってくる人が皆無に等しかったからである。それだから逆に、外から大挙して入って来る開拓者に対しては、自分らの土地を奪われるのではないかという疑念が先に立った。その考えが先鋭化して、排外意識を強くした。

〈証言〉

ナナツヤマには、ひとり者の老人がおったんですよ。皆は甚熊小父（ジィ）て呼びよった。ニシ（西区）の者が牛を放しとるわけですよ。囲いの何もなしに。そうしたら、ジイの家ていうたら、ちょうど畳二枚敷ける家を自分で作って、壁も屋根もビロー葉でしてあり、牛がひと突きしたら、ツッ壊れる家ですよ。それを見たとき、わしはカッとなってですよ、（ニシ区の飼い主に）かみついて……ここナナツヤマはわしらの地元になるわけですよね。「許可なしで牛を放したのが不届きじゃ」て、言うてね。当時、ニシの力が強いときに、わたしがかみついて、とうとう牛の、近くでの放し飼いを止めさせた。

甚熊ジイの家があまりにも貧弱だから、これじゃあ、風が吹いたりしたら、とても生活できんから、て言うて……当時、ナナツヤマに人がいっぱい居ったから、皆に「わしに一日やぁ、頼まれ！（一日だけ頼まれごとを聞いてくれ！）」っち。「手弁当で、頼まれ」っち。「このジイはお茶も出せるような人じゃないんやから」て。全部を引き連れて家を造ろうて言うたら、そのジイが「頼むから」て、わしに言うて、「自分はお茶も焚ききらんから、止めてくれ」て、泣いて頼まれて……。昔っからのしきたりで、家を作ったら家主が茶菓を出すでしょうが、そういうことも何もできんから、そんなにまで皆に迷惑をかけんから、ち……。全部を引き連れて行ってから、回れ右して帰ったことがある。

このジイて言うとが、太鼓打ちの名人で、また、歌の名人だったが、めったに笑わん人やった。この人を笑わしたのはわたしじゃった。ナナツヤマは砂浜だったから、牛を連れてきて、裸牛に乗って走らす考えでね。振り飛ばされても、下が砂地じゃからケガせんから、て言うて、若い者がふたりとっかかった……もう、乗るどころじゃないんですよ。振り飛ばされて。やっぱり若かったんだなあ、ち思うんですよ。そうしたら、甚熊ジイがハマの上の方から見とって、まあ、その笑い方、腹をひっくり返して、大笑いして（笑）。

これまた面白い話があるんですよ。中江（中江十四興）先生がハマの一番上の方に来たばかりのとき、ジイが隣りに家を作って居った。隣りやから、先生のところに、昔話をしによう（よく）来とった。本当にですよ、ひと晩にウミガメが七十匹ぐらい上がりよった、あのハマにね。あすこに溜池まで作って、ウミガメの缶詰工場まであったらしい。ジイの話だと、それだけ亀が上がっとった、って。もう、自分らが来た時代には、そんなに亀は上がっとらんやった。中江先生のところでジイが言うた話は、亀が揚がったときは、うしろから手を突っ込むところがあって、返す（ひっくり返す）のは簡単なものじゃ、ち。そいで、亀の肉はおいしいんじゃ、ち。

中江先生が来たとき、塩を焚く人が居らんかったから、先生は塩を焚きよった。先生は佐賀の人やったが、戦争前に金鉱掘りで宝（宝島）に来とったのが、それを止めて島の学校の先生しとった。宝、臥蛇（臥蛇島）の学校でね。臥蛇で定年になってからここに来とる。

月夜の晩は海岸に降りて行って、潮を汲んで塩焚きをする。たまたま、亀が上がってきた。すぐ近くに甚熊ジイが居ったから、「ジイ、亀が上がってきた」て言うたなら、「自分が返してやる」て言うて、降りて行った。そうしたら、もうそのころは亀をひっくり返す力がないもんじゃから、あれ、あれて言う間に亀は逃げていった。

次はどうしたかて言うたら……亀は赤カメ（アカウミガメ）の大きいやつですからね、百何十ていう卵を産むんですよ、ピンポン球みたいな。もう、ジイには返す力がないもんじゃから、縄を持ってきて縛った、て言うんですよ。そうしたら、もうひとつ上がってきた。縄の一方の端で、もうひとつを縛った。亀が海に戻っていくのを引き留めようとしたら、二匹の力に勝てんでねえ、縄を付けたまま逃がして……（笑）。

これじゃあ、ダメじゃ、ちゅうて、次に上がってきたヤツを縛って、こんどは棒を持ってね、亀が首を出して歩こうとするでしょうが、出すときの頭をコツンとやったら、亀は首を引っ込めて動かん、ちゅうわけよ。しばらくしたら、また首を出す。また、コツンと……それを朝まで頑張って、夜が明けるまで、亀の番をしとった。誰か通りがかるのを待っとるわけね。大島から来とった野崎ていう男がたまたま海岸に降りてきたもんじゃから……（笑）〈証言了〉

甚熊ジイがオオキ（大木）のナバ（椎茸）ヤマに出かけたときに、たまたま、同地に一軒だけ建っている吉岡亀太の家では、連れ合いが次女を出産した直後であった。後産が下りずに困惑しているときに通りがかったので、家の者に頼まれて、下の部落に走って薬を貰いに行った。玉利勇四郎という医業に通じている人の元に走ると、煎じ薬を処方してくれた。吉岡亀太の証言では、産婦は二回の服用で後産を下ろすことができた。

玉利勇四郎は鹿児島本土の日置郡伊作の人で、以前は県立病院の薬剤師であったが、すすんで明治三十年代の後半に中之島の寺子屋教師として渡って来た。医者の免許は持っていなかったが、あれこれの治療をして島民を救っている。乞われれば、迎えの丸木舟に帆掛けて他島へ往診もした。『臥蛇島金銭入出帳』の記載によると、重病人の診察に三度、三〇キロメートル近く離れた臥蛇島に渡っている。

甚熊ジイが下の部落へ、つまり、旧来のニシ部落（西区）か、明治以降に開かれたヒガシ部落（東区）へ用向きがあるときは、帰りが遅くなれば、ヒガシの永田袈裟次郎宅に宿った。島の表現を使えば、袈裟次郎宅は甚熊ジイのヤドである。何の姻戚関係もないのだが、気易く寄れる相手だったらしい。また、ニシよりもヒガシの集落の方により惹かれるのは、甚熊ジイばかりではない。ヒガシの住民はニシの在来島民からは寄留民の名称で呼ばれていて、何かと冷ややかな対応を迫られた。ナナツヤマの開拓民に対しても、カイタクリンの賎称が一時付けられたことがある。ヒガシの住民は自分自身が明治以降の新住民だから、見知らぬ人に対しても心を開くことができたのであろう。甚熊ジイもヒガシの寄留民を親しい相手と嗅ぎとったものと思える。

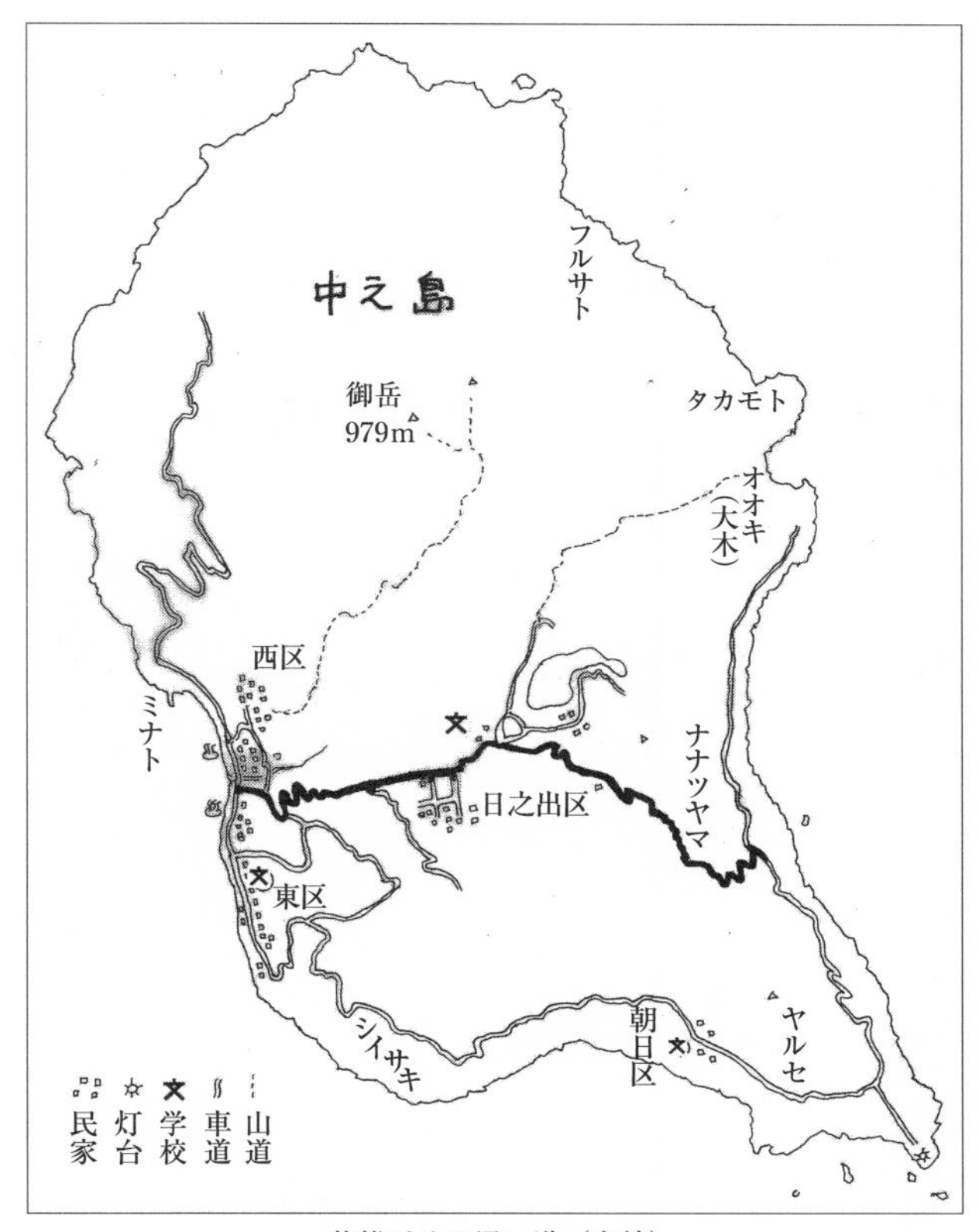
中之島
フルサト
御岳
979m
タカモト
オオキ
（大木）
西区
ミナト
日之出区
ナナツヤマ
東区
シイサキ
朝日区
ヤルセ
民家
灯台
学校
車道
山道
甚熊ジイの通い道（太線）

ヤドという制度が十島村内にあり、これは海に囲まれた島特有のもので、宿屋の宿とは違う。それで、ここでは片仮名表記にした。荒海を挟んだ島同士の往き来は古くからあった。物資の調達や、ときには姻戚関係を結ぶための人の出入り、そのほか、行政上の連絡は藩政時代から欠かせなかったから、丸木舟に帆を掛けて近隣の島々を訪ねた。海上がシケると日帰りは難しいから、訪問先で泊まることになる。この宿泊先は特定されていて、これをヤドという。相手が自分の島を訪ねてきたら、接待する側に回るわけである。その二者の関係をオヤコという。二十一世紀に入って、丸木舟に代わって大型定期船が通うようになっても、「心変わりはしても、ヤド替わりはするな」という諺が生きている。どんなに考えが違うからといっても、ヤドは替えてはならない。海を舞台に生きている者にとって、心変わりは不吉を呼び寄せるもののようだ。そして、いつ訪ねても遠慮のない宿泊が保障されている。このヤドは幾世代にもわたって続いている。ただ、甚熊ジイのヤドする先の袈裟次郎ジイが、ナナツヤマの甚熊ジイの小屋で寝泊まりしたかどうかの確証がない。

島民のひとりひとりが、こうしたオヤコを島々に設けているから、その繋がりを地図の上で直線で結べば、錯綜した線が、網の目のように張りめぐらされることになる。帆船での往き来でもないのに、中之島の島内でヤドが存在するということは、島の面積が大きく、いくつもの

郵 便 は が き

料金受取人払郵便

福岡中央局
承 認

10

差出有効期間
2023年2月
28日まで

(切手不要)

810-8790

156

福岡市中央区大名
二—二—四三
ELK大名ビル三〇一

弦 書 房

読者サービス係 行

通信欄

年　　月　　日

このはがきを、小社への通信あるいは小社刊行物の注文にご利用下さい。より早くより確実に入手できます。

お名前

（　　歳）

ご住所

〒

電話

ご職業

お求めになった本のタイトル

ご希望のテーマ・企画

●購入申込書

※直接ご注文（直送）の場合、現品到着後、お振込みください。
送料無料（ただし、1000円未満の場合は送料250円を申し受けます）

書名	冊
書名	冊
書名	冊

※ご注文は下記へFAX、電話、メールでも承っています。

弦書房

〒810-0041 福岡市中央区大名2-2-43-301
電話 092(726)9885　FAX 092(726)9886
URL http://genshobo.com/ E-mail books@genshobo.com

集落が離れて位置しているからであって、他の島ではありえない。下部落からナナツヤマまでは山道を通って二時間弱かかるが、帰宅できない距離ではない。甚熊ジイが永田袈裟次郎宅のヤドを頼るようになったのは、高齢になって夜間の山歩きが体にこたえるようになったからだろう。

〈証言〉

甚熊ジイは生活保護を貰って、後は下の部落へ引っ越して、そこで亡くなった。亡くなったときも誰も知らずに、二、三日してから気がついた。ひとり者だったからね。ヤドだった袈裟次郎も死んで居らんのだが、その子に永田昇（のぼる）て言うのが居るんじゃが、今、この昇が甚熊ジイの位牌を看とるんですよ。感心なもんじゃ、て思うとるんじゃがねえ。甚熊ジイの墓を見たら、「長五郎」っち書いてある。ははあ、これが本名か、ち（笑）。昔の侠客みたような名前じゃが、て、わたしはビックリしたわけ。「土岐長五郎」が本名やった。出身がどこか、それがわからん。

〈証言了〉

墓石に刻まれた文字は「昭和四十三年七月九日　行年八十四歳」となっている。

生活保護の制度が中之島にも適用されるようになったのは、一九五二年の復帰前の大山村長時代である。甚熊ジイは最初の受給者のひとりであった。それを手配したのは半田さんである。

半田さんが受給申請を代行する行為には、いつもながらの気配りが働いている。人をおとしめるわけでもなく、かといって必要だと決めたならば主張を譲らない人だから、生活保護申請の経緯を語るとき、どこかでヤンチャな少年のような笑顔になった。

〈証言〉

大山村長（一九四八～一九五一年在任）、これがカミソリのように頭が切れる男でね、戦前は大連あたりで領事館に居ったという経歴の持主ですよ。大山村長は軍政府を動かして、ナナツヤマの連中にここ（タコウ、日之出区の中心地）を開拓させるていうことで、アメリカのブルドーザーが来て、下から（下の集落から）ここまで上がって来る道を造ったんですよ。大型のブルでしょうが、ビックリするぐらいの力で、竹ヤマをバリバリやって、そのブルが地をひっくり返して……

戦前からのいきさつで、開拓民はタコウ（高尾）には入れないので、ナナツヤマ、ヤルセ、その他の地に入ったんですよ。タコウ字（あざ）はニシの本家筋の「二十八戸（こー）」が分家に分ける土地やから、ていうことで、戦前からニシの土地になっとった。法律の上ではニシだけのものではなくて、中之島全島民の土地ていうことになっとる。それを農林省に売却して、売却金はニシの人が分けとる。ただ、国にはそうは報告しとらん。中之島にはヒガシにも住民が居るから、その人たちへの分配がないことが発覚すると大きな問題になるからね。

　売却が終わって、復帰して五年目になって開拓組合を作ったわけね。そうしたら、ニシの者も売却した地を新たに開拓すれば、今度は補助金がもらえると当てこんだわけね。売った後、そっくりその土地を自分たちニシの者が買うと申し出た。国の開拓行政にそって開拓をするって約束して、二十八軒がタコウに移る計画をした。

　ところがどっこい国は甘いものじゃない。家はブロックでなければダメ、道もない時代だから、資材の搬入もままならない。家は十二坪以上でなければいけない。畠も年に何反か開かなければならない。そうした国の決まりにたまがって（驚いて）、ひとり辞め、ふたり辞めして、……。二〇〇六年現在、残ったのは二戸だけ。二十八戸が関係している家は、日高本家の娘が嫁に入った貴島と、肥後よしたけの二戸だけ。タコウの台地を農林省に五十五万円で売って、その土地を今度は二十八戸が安くで国から売却してもらったわけだが、二戸をのぞいた他は土地を手放すはめになってしまったわけです。それで、いまだに悔やむ者がニシにはいる。

　軍政府は開拓に補助金を出しとる。日之出（タコウ）には五町歩の村有地があるが、そのうちの一町歩は村が雇っとる僧職の田中坊さんに貸与しとるから、残りの四町歩を田んぼにする計画やった。で、村長は軍政府から開拓のための補助資金を引出すのに成功したわけね。灌漑用のダムやら、その他にも大がかりな計画が認められたんじゃろう。区民は人夫に駆り出されて、開拓の仕事に必要な家屋の建設に働いとる。わしも人夫に駆り出されて、家造りをしとる。ところが、その労賃が農家に行き渡っとらんということがわかった。警察が調べに来るという噂が流れて……大山村長がわしにねえ、「ちょっと来てくれ」って。そのころは村役場が中之島にあったからねえ。わしは「ははーっ」て、ピンと来たですよ。それで、わしが軍政府に手紙を出した。「自分らが働いた金が、いつもらえるかと思ってたんだけど、ご存じのように、船、航海がね（なかなか難しいもんやから）……やっと貰いました」ち。それで調査はパーになった。嫌疑がかけられた一件は不明のままやったが、実際は大山村長が私的か、公的か知らんが、わしらが往き来せんうちに、多少の使い込みがあったんじゃろう。

それからは村長がわしに、「おまえのお陰で……」て、言うて。当時の助役なんどを所払いをさせて、わしに馳走するんじゃ、何のと言うて……（笑）。

ここに居った後家さんで、子どもが小さいのに、ダンナが逃げてしもうて困っとるのが居った。それで村長に、「何とかせえ」て言うて、生活保護の第一号をわしが貰（もろ）うてやった。それと、島裏のナナツヤマに余所からの流れ者でねえ、甚熊ジイやら三人居ったんですよ。そういう人たちも、「あれらも生活が苦しいから」て言うと、村長は「ハイ、ハイ」で……（笑）。

〈証言了〉

半田さんの特異な質であるが、大山村長の首根っこを捕る時点が、親交を深めるスタートであった。それは連れ合いを密航第一号の逮捕者にした本蔵警部補の場合にも当てはまる。逮捕の理不尽さを激しく警部補に抗議するのだが、ことが一段落すると、激突は親交へと変化していく。

大山村長の葬儀に参列した何年後だったか定かでないのだが、村長の息子の大山勝が鹿児島市内の病院の顧問をしていることを人に聞いたとき、フッと思い出すことがあった。十島村を何とかして無医村から抜け出せないかと考えた時のことをである。計画は途中で断念せざるをえなかったのだが、断念するにいたる経緯を語っている。

〈証言〉

昨年（二〇〇六年）十島丸の船の中で、ヒョッコリ平島の長さん（日高長之助さん）と会（お）うて、「おい、大山勝を見たぞ（会ったぞ）」て言うんです。わたしはビックリしました。鹿児島の紫原（むらさきばる）の病院の耳鼻咽喉科に行ったら、そこに大山勝が居った、て。亡くなった大山村長の息子で、鹿児島大学教授で、大学病院の耳鼻咽喉科の先生だったですよ。大学病院に行ったら、あの先生を知らん者がない。それぐらい有名だった。大山村長が亡くなったときに葬儀で会った記憶はあるが、それっきり会ってないんですよ。十島村にはいまだに村医は居らん。鹿児島に行ったとき是非会ってみたい、ち思うんだけどその機会がなかなか無くて……

わしがなぜ十島村の医者を養成しようというい う気になったかていうとね、わたしが与論に居った小さいときですよ。昔じゃから医者がいなかったでしょ。与論では医者と神官を村で養成しとる。与論はテラ（寺）がなくて、神社があるから神官をね。医者になった林ていう人は日露戦争にも従軍して、わしが小学校のときに八十何歳ぐらいまで元気で馬に乗って、村を巡回して歩いておった。

与論では村で医者を養成したという記憶があったから、十島村に医者が居らんのなら、金がなくて医者の学校に出られない、そういう生徒を捜してきて村が養成したらいいが、て村長に言うた。村長（永田万蔵）も納得して、そういう生徒を捜そうということになった。医者になったら一年間は村医として勤務する、という条件でやったらどうだろうか。そういう議案をかけて、医者を養成したんですよ。

ひとりは計画が成功して、村医として一年間島に居った。その後、村医になったはいいが、「たのむから、金（奨学金）は払い戻すから何とかしてくれ」て。「学校出て島に一年居ったら、医学の進歩についていけないし、医者として生活できない」て。四、五人は養成したが、後は

パーになってね。それで村として医者を養成することを断念したわけですよ。〈証言了〉

3 人生で一番ためになった人

〈証言〉

中江先生（中江十四興）は甚熊ジイとはナナツヤマでは隣同士やったから、先生からはジイの話をいろいろ聞いたが、この先生はたいへんな博学やった。わしも、好きなもんじゃから、話を聞きに先生の家によく行きよったです。

佐賀の人でね、戦前に宝島に金山掘りに来とる。宝島は薩摩藩のころから明治十年ごろまで、金山を掘っとった歴史がある、って言うわけなあ。それを頼って、当時（戦前）は金の世の中（金本位制）だったから、その金山を掘りに来た。昭和十一年に宝島に来て鉱石を掘って、金の含有量がどしこ（どれだけ）あるかわからんから、検査せんなあ、て。当時、日本で一番の金山は鹿児島の串木野の金山やったから、それに石を送った。そうしたら、そこの所長がビックリして、「こりゃあ、たいへんな含有量じゃ。串木野のダン（比）じゃなか」て、言うたそうじゃ。

所長は、「それだったら、自分は串木野の所長を辞めるから、ふたりで協同で金を掘ろう。そのかわり、ああいうところ（不便なところ）じゃから、少々の資金ではできんから、東京で株式を募ってやろう」て。

そういう話がまとまって、楽しみにしとるときに、たまたまアメリカで百五十〜百六十年前の、海賊キッドが財宝を埋めた島の地図が出てきた。どうもこれはトカラ列島の宝島に間違いなか、て。世界の騒動になって、その噂を日本の新聞社が嗅ぎつけて、定期船の十島丸を借り切って、ひと月ばかり（トカラの海を）走らせとる。

ところが、中江先生が東京に居る所長宛に送るつもりでおった資料が送れん。株式を募って金持ち連中が集まっとるのに、島からの連絡が来ん……、船が島々に通わんもんじゃから、電信はなし……とうとう東京では、「これはニセネタじゃろう」ち。それで先生は金鉱掘りに失敗した、ち。

中江先生たちが手を引いた後も、金鉱探しをした人が居るんですよ。戦後、昭和三十七年に笹川良一ていう人が、相当な人数の人夫を連れてきて金の採掘を始めとる。掘るだけやなしに、村有地を借りて、分収造林(1)をしとる。一年ほど掘って、鉱石が海岸には山のようにしとったが、当時は接岸港もない時代やから、輸送もでけん、また、金の値打ちも下がって、辞めたんでしょう。諦めがいいのか、金山をやめたときには、借りた土地も全部村に返しとる。

わたしが、なぜ笹川良一の記憶があるかていうと、わたしがまだ兵隊に征かんで、神戸に居ったころ、笹川は代議士で、日本の右翼のトップやった。国会に行くときは紋付き袴を着て、それが新聞に載っとった。こんな変わった人が居るんかいなあ、ち思いよったけど……とんでもない。私が議員をしとるときに宝島に来て、金山を掘るて言うて。それで印象に残っとるわけなあ。船舶振興協会（日本船舶振興会、現日本財団）の会長をしとった関係で、笹川から本も送ってきとるですよ。

中江先生は金鉱掘りは辞めて、教員免許を持っとったから、あすこ（宝島）で学校の先生をしよった。教えたのが松下傳男（でんお）少年。先生が目を付けとったんでしょう、中江先生が中之島に来た時には松下少年も中之島へ来て、役場の給仕の職に就いとった。今、役場は鹿児島にあるが、当時は中之島にあったからね。その傳男少年は後には総務課長になり、村長になった男じゃ。まあ、頭の切れる男でねえ。わしが議員になってからの話じゃが、議会で質問するでしょうが、質問しても、昔の案件もちゃんと憶えとって、正確に答弁できっとは傳男さんひとりじゃった。それで中江先生が言うとは、「自分が教えた子どものなかで、あれほどの子は居らんやった」っち。「もし家が貧しくなければ、通らん大学は無か」ち。先生が臨終の床で、「わしの遺言じゃから、聞いてくれ。傳男を頼むでな」ち、わしの手を握って言うたがね、二人はそれほど深い師弟関係やったんじゃろう。

中江先生には小部フミさんていうパートナーが居ってね。何か、病気で大島の名瀬の病院に入院したときに、看護婦をしとった人（小部フミさん）と一緒になっとる。ふたりは宝に渡り、臥蛇にも行っとる。先生は臥蛇の分校で定年になって、その後に中之島へ来とるわけですよ。わしが昭和二十四年にここに来とるが、その後しばらくしてから先生も来とる。あんたが書いたガリ刷りの本の中に先生のことが載っとったのを見たが、昭和二十五年の旧正月の恵比寿祀りに先生が部落へ寄付金を出した、て。それじゃから、この年の三月の学期終了後に、ここに来たんじゃろうなあ、ち思う。トビウヲが捕れるころやった。

中江先生がナナツヤマに渡って来て最初に居ったところは、ナナツヤマの砂浜の一番タカモト（地名）寄りの地で、そこに小屋を建てて住んどった。甚熊ジイの向こう隣りやったが、後に現在のミナト（ナナツヤマ避難港）の上方に移って来とる。集合写真の背後に建っている家があるでしょうが、そこに住んどった。平成になってからナナツヤマに村営キャンプ場がでけて、管理棟が建てられとるが、先生の旧宅はその建物の山側の隣接地ですよ。

中江さんは何でもよう識っとったからね。先生のとこに入りびたっとったから、わたしの人生で一番ためになった人です。墓石に「何々信士」やら、古い墓には「何々居士」であるでしょうが、信士は平民の戒名で、居士はサムライ以上であるとか、百姓でも金のある者は米十俵で「居士」が付いた。そんなことも聞いたです。

また、器用な人でなあ、工具がなくてもあれこれと細かな細工を作りよった。真鍮が手に入れば、キセルを作るし、そのキセルに詰める刻みタバコを入れるトンコツも作る、ていう具合でなあ。蓋が付いたトンコツは、普通は桑の木で作るんじゃが、中江先生は柚のジン（芯）で作りよった。ソロバン玉にする黒の堅い材でなあ。後になって、「これは自分の形見だと思うて大事にしてくれ」て言うてわしにくれた。

あまりの出来の良さに、安心がならんやった（笑い）。吉留建設の現場監督の三好さんが欲しがってねえ、わしから取り上げたから、「これは先生の形見じゃから、やるわけにはいかん」て言うて、また取り上げて（笑）……大事に持っとったら、今度は佐藤善アニ、「さいも（何がなんでも）自分にやれ！」て、強引に持って行ったから、「あれは先生の形見じゃから」、て、また取り返さなあ、いかんと思うとるですよ（笑）。

また、海岸に流れ着いた孟宗竹だか、大名竹だかを拾ってきて、麻雀のパイを作っとった。島に自生しとる寒山竹は身が薄いが、孟宗竹の根っ子近くは厚さが三、四センチはあるですよ。

それじゃから、コーヒーカップでも作る気になれば、取っ手をくりぬくこともできるじゃろう。先生は麻雀パイなんど、長いこと手にしとらんはずじゃが、字体も忘れずに、本物とそっくりに字を彫ってね、島の外から来た人たちの格好の遊び道具やった。塩焚きもしよった。冷蔵庫のない時代やから、塩の需要は多かったからね。特に、トビウヲの捕れる時期には、大量の水揚げをみると、それを塩漬けにした後に天日干しして保存せんならんからね。

フミさんは、先生が先立ってからも、中之島に留まっとった。医者がおらん時代やから、看護婦（現看護師）の経験を活かしてなあ、頼まれると島内どこにでも診察に出かけて行ったですよ。それで、池山村長の時代（昭和三十三〜四十一年）に、正式の看護婦として悪石島の診療所へ赴任してくれんか、て頼まれとるが、高齢を理由に断っとる。

フミさんはビロー葉を鹿児島に出荷しとったです。ナナツヤマ地区や日之出地区の者は、採った葉をフミさんの元に持って行って換金しとる。フミさんはそれを海岸で乾燥させてから、船便で鹿児島に出荷しとった。葉はウチワやハエ叩きの材料になっと（なるの）じゃろう。

後にフミさんは島を引き揚げるんじゃが、深い師弟関係にあった傳男さんは、フミさんが引き揚げた先に何回も訪ねて行って、面倒を看とるんですよ。わたしは、そういうところが偉い、ち思うんですよ。〈証言了〉

(1)「造林者と地主との間で、収穫物またはその売上代金を、あらかじめ契約した歩合で分ける約束でなされる造林」と『経済辞典　第四版』(有斐閣　二〇〇六年)に説明されている。半田さんは十代から『六法全書』が愛読書のひとつであったから、法律用語ばかりでなく、その周縁の用語にも通じている。

4　お前ならできる、大工をやらんか

〈証言〉

出は奄美大島の宇検村湯湾で、元々は大工ではなかったんじゃが、チョウヒデ小父(本名・豊恭秀)は頭が良かったから……。

復帰(日本復帰)してからも、その次の年(一九五三年)に日之出分校ができるまでは、ナナツヤマに分校があったから、教員住宅を造らにゃあいかん、て言うことでね、引揚げて人が居らん家を解いて、その材木で……。奄美の住用村からここに要成幸という男が、製材所の技術者として来ちょったですよ。その男が大工のケ(こころえ)があるもんじゃから、それに造らそうとして始めたところが、大工が使う尺ゼンという、小さな垂木に何尺何尺て目盛りを入れ

てあって、寸法を測るヤツね、それが、どうしたことか、折れとったわけよ。そいつが短気者で、「尺棒を打ち折った、もう、わしゃあやらん」て、言いよったから、わしが区長やったから、チョウヒデに、「おまえ、解いて建てる（移築する）だけじゃから、何とかして建てんか！」、て。それがチョウヒデの大工の始まり。

この要は変わり者やった（笑）。自分が人に加勢を頼む日には、豚肉を二斤ぐらい買うて、天井からぶら下げて。そうしておいて人を雇うわけよ。当時、豚肉なんぞはなかなか口に入らんころやから、雇われた人は、「あっ、今日はあれを料理して食わすんじゃろう」ち、思うて楽しみにしておれば、ぜんぜん食わせんかった（笑）。

要は高尾（後の日之出区）の開拓に入ったとやが、のちに下部落に居った後家さんと一緒になって、子どもがふたりでけた（できた）。これがまた、問題でねえ。なんと、子どもが中之島の学校を卒業して、学校の紹介で就職して、そこを辞めて他に行く（転職する）ときに、戸籍謄本を送ってくれと子どもが言うてきた。そしたら、戸籍がない。……出生届を出しとらん。それでわたしが裁判所に行ってね、適当な理屈をつけて……「昔は産婆がいなかった」、ち。「そいだから、子どもが生まれても、役場に届け出ができなかった」、ち。とか何とかうまいこと言うて、そして戸籍を作った。

当時、十島村の役場が中之島にしかなくて、まあ、どの島の人も一番最初にできた子どもは、嬉しいもんじゃから、船に乗って中之島まで来て戸籍をつけとる（作っている）。ところが、二番、三番目の子どもになったら、天気が時化れば船は通わんし、届けもでけん。死亡届けも出せん。そんな島やから、と裁判所に言うて戸籍を作った。わたしは、そういうことで何回も裁判所へ行ったですよ。何人もの人に頼まれて。そうしたら、裁判官もわしと慣れっこになって……。

そうかと思えば、国民年金制度ができたでしょうが、要本人が言うには、自分の本当の歳は戸籍よりも三つほど上じゃ、ち。そうだから、年金を払うのはきついから、戸籍の訂正をしたら年金を納めんでいいはずじゃが、何とかならんか、て。それで、わたしが裁判所へ行ったら、そんな（事情）やったら訂正してもいい、て。ところが年金の計算をしてみれば、歳を上に変えれば、払う期間が短くなる。貰う年金に相当の差ができてしまう。そんなんで良いか、て本人に聞いてみれば、そんなやったら、訂正せんでいい、て。人をさんざん難儀させといて……（笑）。

あのチョウヒデていう男は研究心が強いからね。あれの家だけじゃ、ここで木造二階建ては……好きでもあったからね、大工が。そしたら、今度は口之島で大工が欲しいて言う話やったから、わしが紹介して口之島に行って何軒も建てて……そして、平島からも声が掛かって……。

平島のマエブラの日高福太郎の茅葺き屋根をルーフィング張りに改築したのもチョウヒデ小父じゃった。昭和も五十年過ぎてのことやったから、本人は五十代も終わりのころやろうで。本人が漏らすには、「山から何十本もヒトツバ（イヌ槇）を切り出して、それをチョウナで削って建てる大工仕事は、これが最後やろうなあ」て、言いよった。それ以前からも、機械で製材された材料を鹿児島から取り寄せて使いよったからね。二〇一〇年に亡くなった。今（二〇一三年）、五女の蘭子は島に居るよ。連れ合いが中之島の工事の仕事(1)をしておるからね。

チョウヒデ小父は娘が五人おるが、長女は中学になるまでナナツヤマに居ったから、ナナツヤマから下の中学まで通いよった。二時間まではかからんが……後にはここの日之出に家が空いたので、移ってきたんじゃが、歩くのが何でもない時代やったからなあ。

大工で面白いのはですよ、臥蛇の彦次郎小父ですよ。彦次郎小父は何度もここに来とるですよ。彦次郎ジイの姉か妹だったかが田中坊さんの嫁さんになっとる。言うたら、田中坊さんと高崎彦次郎は縁の兄弟ということになる。それで、彦次郎は義理の甥になる坊さんの三男・由磨の家造りをすることになったわけね。坊さん一家が臥蛇島で使っとったテラ（寺）を解いて、この日之出に移築する考えでね。

田中栄忍（えいにん）は皆に「田中坊（ぼん）さん」ち、呼ばれとったですよ。国分（こくぶ）（現霧島市）で坊さんの修行をして、臥蛇でテラ（寺）番のようなことをしとったらしい。後に十島村に雇われて、村全域の僧侶役になって、中之島に移って来た。わしが聞いた話では、村は坊さんに給料を払いきらんから、この日之出区に村有地が五町歩ある内の一町歩を給料代わりに坊さんにやった。それで坊さんは一町歩の田んぼを拓いて……みごとな田んぼを拓いとったですよ。

彦次郎ジイが家造りに来たときはすでに年配やった。わしら日之出に居る隣り近所の者が、加勢に行ったですよ。行ったはいいが、加勢にならんやった。彦次郎ジイが持つてきた図面の書き方が臥蛇式で、正規の図面じゃ無（な）かわけよ。わしら、手が付けられんわけなあ。こっちの加勢がいっぱい行ったんじゃけど……大工の図面ていうたら、縦の柱列に「イ、ロ、ハ……」と印を付ければ、それと直角に走る横方向の柱列には「イの一」、「イの二」、「イの三」というふうに番号を打っていくのが当たり前やが、彦次郎ジイのは、「イ、ロ、ハ」をグリッと回しよるわけね。それじゃから、手が着けられんわけ。最後には彦次郎が、「あんたらの好きなようにやってください」ち（笑）。加勢に来た連中が番号を付け直して家を建てた、ていう笑い話もあつたですよ。

中之島の昔の家の作り方は傑作で、新しい家を造ろうて思うたならば、今建っとる家の床下にもぐって、竹竿を使って、材木の寸法を測って、真似て造っとるですよ。図面というものがないからなあ。その方法を一変したとは、鹿児島から渡って来た若い大工やったらしい。その大工は釣りが好きで、この島に渡って来て、そのまま居着いとる。戦前のことには間違いないが、いつごろのことかわからん。最初にその人が本式大工で造ったのは西区里部落の関(せき)勝盛の家で、勝盛の家は昭和二十年(一九四五)の空襲で焼けた。他に三軒建てとる。西区の永田文彦の家、それと、いま議員をしとる東区の佐藤毅の家と栄(さかい)重成の家やが。

十島村に渡ってきた本格大工は、他に萩原源之助(げんのすけ)が居ったが、わしが中之島に渡って来たときには死んで居らんやった。あんたが言うたごと、隣りの臥蛇島の分校を建てた人やろう。一九四四年(昭和十九)のことで、一九七〇年(昭和四十五)の廃校時まで使われとった。源之助は平島へも家建てに行っとる。嫁さんが平の人やったからじゃろう。

わしが来てからは、ここで生まれて、鹿児島で修業を積んだ大工が戻っきて家を建てとるですよ。東区の寄木には、伊(い)よし男、あい吉の兄弟大工が居った。兄(よし男)の方は、昔の学校を現在地に移築するときの棟梁で、鹿児島から来た原田という大工が二番棟梁やった。復帰の翌年(一九五三年)に現在地へ学校は移転したわけ。元の学校は、製糖工場跡の下の土地に建っとったです。いま、警察や電電公社(現NTT)、他に教員住宅が五棟あるところ、島の人がダンチ（団地）と呼んどるが、それが通称になっとる。

あすこに、学校の建物が一棟だけ残っとって、これは中之島部落の者が建てたヤツじゃから、十島村の所有物じゃあない。中之島住民の財産やったからね。島の人が鹿児島に行っても泊まるところがない、ていうことで、宿泊所にしようていうことになって、校舎を解いて簡易宿舎を造ることになった。移築した先、これがおもしろいんですよ。十島村役場は鹿児島市内の港近くにあったから、宿舎も桜島桟橋の前に建っとった。当時は市内の民家のトイレは汲み取り式でしょうが、それを汲んで対岸の桜島へ運びよった。船でね。そうしたら、ちょうど真ん前が積み込み所……臭いが堪らんのですよ。居れんかったですよ（笑い）。それで、住吉町に村営の十島会館を造ったていうような次第で……

この伊よし男が居るころ、（娯楽も）何もない時代、ブラジルで開墾する映画を学校でやったのよ。ここみたいな大風も吹かんで、大木を引き倒す、そんな大々的な農業の映画を観て、それに惚れ込んでブラジルに行くて言うて、行って向こうで死んだ。子どもは帰って来とったですよ。ひとりだけ（ブラジルに）残っとったが、身体検査に引っかかって帰れんかったらしい。長男はニシ（西区）に居る日高登さん（一九三六年生）と同級やったが、後に残っとった弟も出稼ぎに日本へ来て、同窓会やるて言うて、息子を連れて中之島に来たが、その子は日本語が全く話せんやった。それでも日本が良かって言うもん。やっぱり向こうへ帰ったが、向こうで奥さんもろうとるんやろうなあ。〈証言了〉

（1）「仕事」という表現のほぼ百パーセントが「工事仕事」である。土木関係であれば、道路工事や港湾工事が考えられる。建築関係であれば、校舎や公民館の建造がある。電気や水道工事もある。その他にも多岐にわたる現場がある。工事期間は、港湾工事などのように数年にわたる場合もある。島民の目的は、そうした現場で働いて現金収入を得ることだった。

5　馬の世話をしに来た「軍曹」

〈証言〉

たまたまナナツヤマのハマで軍曹が塩焚きしておるときに、わしはイザリ（漁り）に行って、潮時（しおどき）を待っとる間、話をしとって、大牟田の話になって、とんでもない話を聞かされてビックリしたのはね、わたしの女親は半田姓ですよ。わしが三十七歳になってから養子に入った半田の家には女兄弟が三人居るが、男がひとり居ったていう。この人が軍曹（本名・久保田八吉）と同年兵やった、って。これにはわしもビックリしたですよ。その男も若いときに大牟田で仕事をしとったらしい。熊本の女と一緒になって、子どもが腹の中に居るときに徴兵になって征った。それから先はどうなったか、全然わからんやったわけですよ。

ふたりは同年兵で、どっちが出世するか、て競争した仲やった、て。寝台から足が出るような背の高い男やった、ち。あれを聞いて、ほんに何があるか（何の縁があるか）かわからんもんじゃ、ち思うたな。半田家に男が居らんごとなったから、それで叔母（半田家に嫁入りした実母の妹）が養子をとるごとなった。

八吉は奄美大島出身の人で、日清だか、日露だかの戦争に出陣して右手を失っとる。鼻毛（鼻ヒゲ）だって蓄えて、たいした貫禄があったですよ。皆からは「軍曹」と呼ばれとった。それで、わしが言うたんですよ。「久保田さん、同じやられるんやったら、左手を切られた方がよかったのに」て、わしが言うたら、「だめだ」っち。「右手やから長生きでけた」て言う。本人が言うには、日清戦争と日露戦争の負傷兵の統計をとってみたら、心臓に近い手（左手）を切られたら長生きせん、ち。自分は右手を切ったから、長生きしとる、ち。「手はすぐ慣れるよ」ち、あっさりした考えの人やった。歳はわしらよりだいぶ上やったからねえ。

いっぺん、こういうことがあった。金のない時代やったから、島の人が鹿児島に出るていうても、年に一度あるかないかやが、出るときは牛を曳いて行って、それを売って、その上がりで買い物して帰って来よった。わしが初めて会ったときにこの人が言うたのは、自分の恩給は校長の月給のしこ（ぐらい）ある、て。恩給手帳ひとつを持って出る、て。

八吉がたまたま鹿児島に行って、金がなくなってねえ、質屋に行って恩給手帳を見せれば、金をいくらか引き出せるでしょうが、行ったら保証人がいるっていうことで、役場に行って職員に保証人になってくれ、て頼んだ。日本に復帰してしばらくしてから、十島村役場は中之島から鹿児島市内に移っとったからねえ。そしたら、「人の保証人にはなれん」て、断られた。たまたまわしが鹿児島に出て居ったから、「わしがなるよ」て、いうこともあったですよ。

あの人が中之島へ渡ってきたとは、文園さんが村長をやっとった時代でね、文園村長は喜界島の人で、中之島のヤルセに喜界の馬を放しておった。種馬は喜界島から持ってきて、馬を出荷するつもりで……、文園村長はいろいろな事業を手掛けて居ったから、その馬の仕事で軍曹は来ておったんですよ。事業半ばで手を引いてしもうた。採算割れしたのかもしれん。その後、島津産業がここに来て、はじめは枕木の出荷で来とったが、そのうち、諏訪之瀬に馬の牧場を作るて言うて、軍曹はそこの責任者になって、あすこに住み着いたわけね。諏訪之瀬に居った後家さんと一緒になって……。しばらく諏訪之瀬にいたらしいが、その後どうなったかわからん。〈証言了〉

6　カツオが躍ると臥蛇ん衆がそわそわ

〈証言〉

臥蛇島の人が中之島に出稼ぎにきているときなど、七、八月のカツオ漁の時期になったら、「仕事をする気がせん」て、言うんですよ。昔から捕れていたカツオを諦めきれんかったんでしょう。〈証言了〉

何とも簡潔な感想であることか。臥蛇島の人が「カツオ漁」を口にするとき、どれほどの想いが込められているか、他島の人にはわかりにくい。半田さんも与論から十島村に渡ってきた人だし、ましてや漁師でもないから、臥蛇島の人の想いのほどはわからないであろう。ただ、ため息混じりに吐いたであろうコトバから、いつもと違う臥蛇島を感じ取ったのではないだろうか。実際、カツオ漁の時期になると、出稼ぎを中断して臥蛇島に帰る人が少なからずいたはずである。

トカラの島々は薩摩の殿様への年貢がカツオ節や煎汁(せんじ)が主であった。年貢を米で納めることはなかった。稲作が本格的に始まったのは、太平洋戦争後のことである。臥蛇島や悪石島にいたっては、土壌や用水の関係で陸稲しかできない。そうした貢納は藩にとっても好都合であった。「上節(じょうぶし)は臥蛇、悪石」と言い習わされたほど、上等のカツオ節が臥蛇島では作れた。しかも飛び抜けた生産量を誇っている。『七島問答』(一八八四年)に年間生産高が記録されているが、それによると中之島が二六一六本、悪石島が一万二〇〇〇本、臥蛇島が二万八〇〇〇本となっている。これは藩政時代の数値かと思われる。

臥蛇島ではカツオが一万匹以上捕れた年にはカツオ供養のために「カツオ塚」を建てた。明治二十七年に同島を訪ねた笹森儀助島司は一基を確認している。筆者も臥蛇島に短期間ではあるが暮らしていたことがあり、やはり一基を実見している。名称が替わり「日和見様」として祀ってあった。臥蛇島は一九七〇年(昭和四十五)に無人島になった。

藩政時代の記録がないので、明治維新以降のことになるが、臥蛇島が積み重ねていく売上代金の蓄積は他島を圧倒していたことは間違いない。一九二三年(大正十二)の失火で、それ以前の記録はほとんど現存しないから不明であるが、総代預かりの『臥蛇島金銭入出帳』や『臥蛇島部落規定』から蓄積の片鱗がうかがえる。そうした財力を活用して一種の銀行行為を行っていた。

生活困窮者への現金の貸し付けがある。貸し付けの対象は島内の者だけでなく、出稼ぎに出た者も含まれる。田中熊太郎が『理由書』を添えて中之島へ「出稼ぎ」に出たのが昭和九年旧の四月である。書面には「臥蛇島での生活が困難を極めたために一家をあげて出張する」とある。「その間の部落内の義務奉公の暇を許可してほしい」旨の申し述べも加えてある。換言すれば挙家移住である。その後熊太郎は中之島で二年三カ月におよぶ生活を続けたが、低収入に苦しめられ、古里・臥蛇島に借金を申し出ている。借用証の内容を見ると七十九円四十五銭の借用を願い出ているのだが、返済期日を三年半後の昭和十四年十二月末と決めている。その間の利息は「一カ月金百円也ニ対シテ金五十銭ノ割合」で払われることになっている。単利で計算すると、三年六カ月だと元利合計では九十六円十三銭強となる。熊太郎の場合の「出稼ぎ」は「移住」と変わりなかったのだが、島の側では、あくまでも旅先での暮ら

『臥蛇島金銭入出帳』

しを続けているとみなすから、借金の申し出には、島民同様に応じている（『臥蛇島部落規定』二六頁、一一五頁）。

このように、島の側では「出稼ぎ」として認識しているのだから、留守中の者の墓守やその他の仕事を、臥蛇島民の皆が分担して処理する。それだから、部落作業が行われた日数に応じた賦課金が課される。これを「手当金」と呼んでいる。その手当金を負担に思った熊太郎は「義務奉公の暇を許可してほしい」と願い出ている。

なぜ臥蛇島ばかりがカツオを大量に釣れたかというと、臥蛇島の西沖十六キロ離れたところに「ゴンゾネ」という海礁があるからだった。海上保安庁作成の海図によると、最浅は四十九メートルである。半田さんの義兄であれば、触れることができる深さである。実姉の連れ合いである義兄は素潜り漁の達人で、ナナツヤマ沖でも素潜り漁をしている。三十尋（ひろ）（およそ四十五メートル）は潜ることができるから、あと少しでゴンゾネの海礁にとどく。また、この海礁の面積も広い。平島からも遠望することができるが、十トン前後の漁船が何艘も、白波を立てながら礁の外周を回っているのが確認できる。

こうした海面近くに発達している海礁には太陽光も届き、プランクトンが発生しやすく、キビナゴ、トビウオ、マイワシ、カタクチイワシなどの幼魚が育つ。その魚を追って黒潮と共に北上してくるカツオやマグロ、あるいは鯛やハタといった魚群がこのソネにぶち当たり、絶好の餌場に身を躍らせながら居付く。黒潮はさらに北上を続けて、日本の太平洋沿岸をカツオ漁で賑わす。北は下北半島の泊漁港までカツオ漁ができ、またカツオ節の製造も行っている。

臥蛇島のそうした豊漁も幕末近くになると激減した。本土（鹿児島）の枕崎や山川の漁港から大型の、しかも先端技術を携えた漁船が南下してきて、漁場を荒らしたからである。そうなると、臥蛇島のカツオの水揚げが減少し、年貢延滞をきたした。そのことを藩に訴えて、南下してくる漁船に対して「汐掛世話料」の徴収許可を得ている。入漁料のようなものを各漁船から徴収したのだった。

明治時代に入ると、さらに減る。無動力の丸木舟で一匹づつを釣りあげる島の漁法は、動力船に冷凍用の製氷を積み、生餌を撒きながら数十人が舷側にならんで竿を垂らして釣る漁法には太刀打ちできない。それでも、笹森儀助の著した『拾島状況録』（明治二十七年の聞き取り）では、中之島の八倍の漁獲高があると記している。

そうした時代を実際に体験したり、あるいは親から最盛期のカツオ漁を聞かされたりしていたせいなのか、カツオの季節になると、臥蛇島民は血が騒ぐようだ。戦後、臥蛇島民はカツオ節を換金しただけでは暮らしが立たず、隣の中之島へ(1)枕木製造の出稼ぎに出かけた。が、漁期が近づくと、「もうカツオの時期じゃ」と言って帰っていったそうだ。「せっかく出稼ぎに来ているのに、昔の夢があきらめきれないのだろうか」、と半田さんが言うとき、いつもの破顔は見られなかった。

（1）鉄道線路の構成部材。通常の線路はレールを二本平行に敷設し、その下に枕木を敷いてレールを支える。近年は木製より耐久性が高いコンクリート製枕木への取り換えられつつある。

7　先祖墓の謎

高崎秀市（ひでいち）は愛知県豊田市の人で、生地は臥蛇島である。老境に入って、望郷の念止みがたく、故郷の島影を追いたくなった。だが、臥蛇島は昭和四十五年（一九七〇）に全員離島[1]して無人になって、定期船が通わない。それ故に生まれ島への渡島もままならない。たとえ漁船をチャーターして凪の海を走らせて、島に接近できたとしても、上陸できる保障はない。以前に使用していた舟着き場が残ってはいるが、破損が激しい上に、年々岩石が陸から崩れ落ちていて、海が浅くなっている。そんな事情もあって、秀市は北隣りに位置する中之島に上陸して、そこから故郷の島影を拝むことにした。

臥蛇島離島三十年慰霊団が組織される二年前、つまり、一九九九年であるが、息子と孫を含む四人連れで鹿児島港から定期船に乗って中之島で下船した。以前は実弟の高崎美登（よしのり）（故人）が中之島の日之出開拓集落に住んでいたのだが、その一家も枕崎に引揚げていない。それで、秀市の一行は諸般の事情を知りたくて、上陸して真っ先に訪ねたのが駐在所であった。そこにはシシノという警察官が詰めていた。その人は遠来の客を親身になって世話するつもりでいた。その場に、たまたま半田氏が立ち寄った。話を聞いてみたら、日之出に住んでいた高崎美登の兄貴であることが分かり、案内を買って出る。美登は臥蛇島から日之出地区に移住してきた開拓者のひとりである。半田氏とは同じ居住区であり、共に開拓に励んだ仲であった。

秀市は一九五一年（昭和二十六）十月に『引揚理由書』を「臥蛇島人民御中殿」宛てに提出している。実に四十八年ぶりの帰省である。美登はその十日前に同じ形式の書面を、「臥蛇島区長殿、外人民ご一同殿」へ出している。ふたりの引揚先は異なる。『臥蛇島部落規定』に載る高崎秀市の引揚先は「内地」とだけ記されている。

秀市は島を離れるさいに先祖の墓の文字を鏨（たがね）で削り取って、それを袋に入れて落ち着き先の愛知県に持参した。後日、削り取った墓文字を移住先の寺に納めている。

ところが、中之島のタコウ（高尾）の墓地にも高崎家の墓がある。半田氏がそのことを秀市に伝えると、「そんなはずはない。自分が長男だから……」と驚いた。改めて墓石を点検すると、なるほど、鏨で削りとられた墓石が脇に寝かせてあり、新たな墓石が据えられていた。弟の美登が中之島へ引揚げて後、臥蛇島を往復して、古い墓石の破片を中之島へ持ちこんだのであろう。先祖の墓を少しでも身近に引き寄せたかったのだろうか。すでに美登は死去していたから、秀市は弟に問いただすことはできなかった。

〈証言〉

ここ（日之出）に来とった高崎美登（通称ミト）てうのはね、てっきり長男だと思うとったですよ。臥蛇から墓を持って来とったからね。たまたま、下部落に居る部長（巡査）のとこに寄ったら、「半田さん、良かところに来た、臥蛇の人が来とる」っち。わしは臥蛇には興味があるから、「誰な？」て聞いたら、高崎秀市ていう人。

わしが秀市に、墓は美登が持ってきとるから、長男かと思うとった、て言うたらビックリしとったっですよ。兄貴の秀市は早うに臥蛇を引揚げとるわけですよ。秀市という人が言うには、「自分は長男でね、名古屋へ引っ越すときに、墓石は崩して、墓の字は鏨で全部削って、それを名古屋の墓に納めた」て言うんですよ。それで、ここの日之出区にある墓まで連れて行って見せたら、倒してある墓にね、鏨で削った墓石もちゃんとあった。わしはこう思うとった。美登は長男だから墓をここに持って来たんじゃろうとね。兄貴が居るなんど知らんから。美登は後から引き揚げてここに（日之出）に来とる。自分の先祖の墓を全部持って来とったからねえ。

秀市が言うとが、死ぬ前に生まれ故郷を見たい、て言うて、子どもや孫を連れて、四人か五人で来とる。わしよりか三つ、四つ年長やった。臥蛇の衆の望郷の念の強いのには驚いたですよ。

美登が臥蛇から中之島の日之出区へ引き揚げて来とるときに、三尺二寸の太刀を持って来とった。わしが聞いたら、「昔、火事に遭（お）うて刃が焼けたんだ」ち。磨いてはあったよ。銘はちゃんと打ってあった。その刀の鑑定を頼まれて……一番下の銘は忘れたが、「肥前の住人源…」までは、ハッキリしとった。これだけ読めれば、ある程度わかるが、て言うて、鹿児島に上ったときに質屋に行ったんじゃが、そうしたら、おかみさんが、「今、忙しいから、太刀が載ってる本があるから、これで調べてごらんなさい」て。

本を見たところが、何と、「肥前の住人　源…」ちゅうのが、いっぱいある。これだけの作者が居ったなら、たいしたことないな。焼けて曲がってはおるし、いつごろのモノかまではわからんかった。

臥蛇には日向灘を回らずに、逆に肥前回りで臥蛇に来たんじゃないか、て思う。肥前で刃物を仕入れたか、あるいは、当時、すでに京都あたりまで肥前の刃が売れとつたのか。そうならば、日向灘回りで来たとも考えられるとじゃが……しかし、臥蛇、平は七島（トカラ諸島）でも西に離れとるからね。わしの考えでは、肥前回りじゃなかろうか、て思うが……。〈証言了〉

（1）　臥蛇島の無人島化計画は十島村が最初に計画した。一九五二年（昭和二七）の春、おそらく五月であろうかと思われるが、臥蛇島民にたいして離島勧告を行っている。それに対して、五月初めに、勧告を受け入れがたい旨の「臥蛇島移転に関する『申延書』」を村長宛に提出している。その後、一九四三年の夏にも勧告を行っている。この時は書面ではなく、鹿児島大学の教授連三人を全面に押し立てて、説諭集会のようなものを分校内で開いた。このときは、全員の中之島への移住を勧めている。このとき、総代の高崎義巳（日之出に田中由磨の家作りをした高崎彦次郎の次男）が猛反対をして移住は先送りになる。その時期は日本中が田中角栄という首相が「列島改造論」を歌い上げ、その中で、行政の合理化という名目で、人口の少ない島を整理して、国内にある有人島の半分を無人化するという提案をした。教授連が島に来た翌年の秋以降、永田万蔵村長の時代であったが、島民はデンワ攻勢による強固な勧告に屈する形で、勧告を受け入れた。その少し前に八丈島小島が無人島化していた。全員が島を離れたのは一九七〇年七月二八日であった。

復帰直後

8　山に食らいつく本土資本

村営定期船の初代十島丸が建造されたのが一九三三年（昭和八）である。一五六トン弱の鋼鉄船であった。その九年後の一九四二年に金十丸（五七三トン）が新たに就航した。日本が連合軍との戦闘に入った翌年のことである。この船は奄美大島本島の龍郷町出身である金井正夫代議士の尽力で造られた。その功を讃えて「金井」と「十島村」から一字ずつ採って船名にしている。

金十丸はこれまでの定期船の三倍強の大きさがあり、維持費もかかる。それで健全な航路運営を営むためには、寄港地での積載貨物を確保しなければならない。そこで、金井代議士は十島村の商品開発を試み、中之島の豊かな森林資源に目を付けて木炭の出荷を思いつく。現在のように化石燃料が手軽に入手できる時代ではなかったので、木炭の需要が大きかった。金井氏は原木調達の目的でナナツヤマの山林伐採権を十島村から期限付きで買った。

氏はナナツヤマで炭釜作りを始めたのだが、作業半ばで中止せざるをえなかった。戦争が激しくなり、その影響が十島村にも及んだからである。一九四四年の中ごろから米軍の日本本土への空襲が始まり、本土を爆撃した帰路に、十島村の島々にも爆弾を投下している。特に、中之島と臥蛇島への投下は激しかった。終戦の年の三月の臥蛇島への投下目的は、村内で唯一建っている灯台を破壊することであった。現地雇いの雇員である渡邊清蔵は被爆時に弾が太腿を貫通した。中之島では集落へも投下されて死者が出ている。片腕を失った少年もいた。また、海上を帆船で航行中の口之島小中学校の校長は直撃弾を受けて死亡している。

集落とは反対側の東海岸にある大木（おおき）には硫黄精錬所があったので、それが軍事施設と誤認されての投下もあった。ついに金十丸の就航も不可能になり、金井氏は事業半ばで手を引かなければならなかった。戦後になって十島村役場では、「これで、ナナツヤマは金井さんの手から十島村に戻ってきたのだから、以後は村が自由に手を入れることができる」と考えた。

〈証言〉

一九四二年に金十丸を造ったときに、金井さんと十島村との話し合いで、こいうことが決まったらしい。大きな船を造るんだから、積荷がないといかん、ということで、ナナツヤマ字（あざ）

の立木を金井さんに売って、そこで炭を焼いて、それを金十丸の荷物にするんだ、というふうなことで、契約が交わされたんですよ。ところが、その契約書が（どこへいったのか）村にはない。昭和三十年代に入ってから、島津産業が契約書を持ってきて、わたしに見せたんですよ。……びっくりしました。三十条かそこらあって、契約の二十九条に、「ただし、事業なかばで、その期限がきたときは、延ばすことも得」という一項が入っていた。その一項のために、島津産業の山師が中之島へ入れたわけでしょう。村役場としても、止むを得ずに（山林伐採の延期を）認めたわけです。ナナツヤマの伐採権は三十数年の有効期限があったからね。

わたしは与論の学校を出て、神戸に行ったときから、法律が好きでねえ。何か悪いことしたら刑が何年になる、ていう、そういうのに興味があって、それで、法律に興味があった関係で……六法全書は読んでおったですよ。さすがに金井さんは弁護士上がりの人や、て感心しました。

当時（一九四三年）、二〇〇〇円でナナツヤマの山を買って居るんですよね。たいした金額だったんでしょう。ということは、旧十島村（現、三島村を含む）の年間予算が三〇〇〇円ぐらいじゃ、て、『文園彰先生追想集』ていう本に書いてある。文園さんていえば、十島村の村長ですよ。戦前に二期、戦後も一期務めておる。さすがに、金井さんは法律家だけに、揚げ足を取られるようなことはやってない、て感心したですね。その金井さんは奄美大島の人で、国会議員もしとったが、戦後は十島も奄美も日本から引き離されて、地元票も無くなった。金井さんは代議士を辞めて、大学の先生したり、最後は和歌山県知事しとるんですよ。資力が無くなったからか、ナナツヤマの立木伐採の権利を売っとる、島津さんに。

ここに島津産業が入ってきたとき、その社長は陸軍の中尉で、側に付いとった年寄りの六十過ぎの人が、「若！若！」て……ビックリしましたよ。さすが島津分家の五万石、都城（みやこのじょう）の殿様だった、て。戦後、島津の本家は土地をいっぱい持っとったけど、農地解放で全部取られとる。そこにきて分家は全部、山を持っとったで、山は農地解放に引っかからんわけでしょ。そして林業をやって……そのとき、わしに言うた話が、「山をいっぱい持っとる関係で、片方から伐って、その後に造林していけば、ひとまわり回ってきたら、造林したのが成長して居るから伐れる、て。それだけの山を持っとる。

島津産業が山師を連れてきて、中之島の赤松の大木を伐って、枕木として出荷を始めるのは、昭和三十年代に入ってからですよ。わたしが会社から頼まれて、伐りだした材木の石数（こくすう）を数えるのと、山師たちも同じように鉛筆と紙を手にして、「これは何石で、あれは何石」て書いとる。こんなプロを相手にして、わしが初めて石数の計算をするのは、ヒヤヒヤものですよ。そしてねえ、やってから、「あんた方が言うようには石数がないですよ。これだけしか有りませんが……」て、言うたら、「うん、あんたがやるのを見ておれば、あんたは信用がおける」ち。「それでいいが（それでいいよ）」て、相手が言うわけ。後で分かったが、あの人たちの手にしている紙を見ても、何も書いてない。書いている恰好だけだった。皆が無学なんですよ。当時の山師は親方に付いて山仕事をして、その山での仕事が終われば、次の山に入って、転々と山を歩いて、学校には行ってないんですよ。

山師は全部無学だったが、島津産業の会社の方から大学を出たばっかりの男、西も東もわからんの（わからない者）が、責任者として来とった。この男が無学の連中（の中）に話し相手が居らんもんだから、中江先生のところに、しょっちゅう来とった。家（宿舎）は下の部落にあるんじゃが、朝起きたら、毎日ナナツヤマに来て、仕事あがりに先生のとこに来て、晩になったら帰って行く。そういう生活をやっとった。中江先生からいろんな話を聞いてね、わしも好きじゃから一緒に……（笑）。

そういう付き合いをしとったが、島津産業が製鉄会社へ権利を譲り渡したときに、その男は都城に帰った。……縁の不思議じゃ、ち思うのは、わしの子どもが、十島村から初めて都城の高専を受験したわけですよ。そのときにその男が居ったおかげで、全部面倒みてくれて、本当

ナナツヤマの海岸線。矢印の奥に船着き場がある（荒川健一撮影）

に助かりましたよ。

息子が試験に受かったとき、初めてその人の家に行ったんです。わしは鹿児島市内やったらまだわかるんやけど、都城は行ったことがない。その人が子どもたちを試験場へ送って行って、泊めてくれて、そのお礼で……

川副て言うたかな、その人が。その人が面白いんですよ。当時、川副さんがここに来たときは復帰してすぐのころで、都城の家は山国であるし、冷蔵庫もない時代やったから、生の魚を食わなかった。だから来たときはトビウヲの塩漬けを「うまい、うまい」て、ガリガリ食うわけですよ。生の魚をいっさい食わなかった。それがねえ、わしが「お礼に」て言うてサワラを一匹持って行ったら、その時はすでに山に電気製品があって、生の魚でも食いよった。もう、喜んでねえ（笑）。

それと、こんな小さな写真（ハーフサイズ写真）で、島の人たちの写真を撮っとったんですよ。飲むことが好きだから、飲んだら写真帳を引っ張り出して、この人はどうじゃった、この人がどうのこうのて……。

それで奥さんが言うんです。新婚当時はね、ダンナが島で非常に苦労したって言うから、また、あたしも興味があって一生懸命聞いとった、て。しかし、何十年もね、飲んだらその写真帳を引っ張り出してきて……少々呆れました、っち（笑）。

それでわたしがですよ、後になってから電話して、ここで連合体育大会があるから、いい機会じゃから奥さんと二人で来んか？　て電話して……。ダンナが島に居ったころは車はない、歩いて往ったり来たりした時代だから、船が横着けする、車が通るて言うても本気にせんわけですよ。それで、大会があるから是非奥さんを連れてくるように、て連絡をした。

島に来たところが台風が近づいていて、大会は中止になって……島のあちこちをひととおり見たら奥さんが「初めてダンナの苦労話がわかりました」て。帰りの船は港に横着けできんで、沖泊まりした。島のハシケを沖に通わすごとなったが、一回切りじゃ、と。手荷物も制限されて、余分な贈り物なんどは止めてくれというぐあいで……帰ったんですよ。

半年ぐらいしたら、そのダンナは死んで、奥さんからの手紙で、あんた（半田さん）のお陰で念願の中之島見物して、ウチの主人は満足して亡くなった。ありがとう、て手紙がきたですよ。

枕木は鹿児島の岩崎産業が一手販売しよった。金儲け主義で払いが遅い。一日銀行に預けとれば、どれだけの利子が付くか考える。そして安く買い取る。永田万蔵(まんぞう)さん(1)は岩崎より高く買(こう)たもんじゃから、岩崎は太刀打ちできんで、とうとう撤退したです。

島津産業の山師はたくさん来とって、奥山で大きな松を伐り出していたんだがね、大雨が降って、山が崩れて、道具から一切を流してしまって、仕事にならん。その山師たちには子どもがおったから、学校（学期の区切り）が半端になるから、て言うことで、連中の皆が早めに引き揚げて行ってしもうた。まだ現場の山には伐り残しがあるわけでしょう。そうしたら、当時の村長（池山乙助）が村長権限で、ほかの山師にその材木を売ったわけですよ。取引額が十万円以内であれば、村長の権限で自由裁量が許されとるからですね。

それで、わたしが、当時村議をしとったから、村議会ではねたわけですよ。「村長！　越権行為じゃないか」て。「誰が、十万て言うて、残りの木の値を付けたか?」ち。「わしが二十万円で買うて言うたら、あんた越権行為じゃないか！」て。とうとう……その権利を廃棄させたことがあるんですよ（笑）。

そうしたら今度は、帝国製鉄という会社がやって来てね、その会社は製鉄する際に木炭を混入させて、特殊な鉄を作る特許持ちの会社でね、契約書を提示して、自分たちの入山権利を主張したわけですよ。金井正夫は権利を広島の帝国製鉄に売っとる。村は権利が引き継がれている背景を知らんから、島津産業が撤退した後に、開拓者を伐採跡地に入植させて、さっそく畑へ転用させるつもりで……。〈証言了〉

帝国製鉄の炭山となってから、山が次々とはげ山になっていく。伐った後には寒山竹が芽を出した。そのはげ山に目を付けたのが、今度は中越パルプという会社だった。その山に植林を申し出る。伐採して出荷するときには、村にもなにがしかの金を払うという条件を付けての申し出でとる。

炭山師がまだ、ナナツヤマに残って居るときだったが、池山村長が「中越パルプに分収造林の許可を与える」と、議会で発言する。それに対して半田氏が異議を申し立てる。

「万一、ナナツヤマ全部をはげ山にするまでやらずに、途中で止めたならば、全山が中越の権利下におかれることになるが……」と。

この発言があってから、議案が撤回された。炭山師が引き揚げ、その後、中越パルプも手を引いた。

（1）中之島西区の人。半田正夫の三学年年長で、昭和六年に中之島尋常小学校卒業。戦後、枕木販売を手掛ける。日本復帰後の第一回村議選で当選し、以後四期連続当選後、昭和四十一年に第十八代村長になる。四期、十六年間務めた村長時は半田正夫氏も村議であった。

9　復帰してアカヒゲの餌付け成功

〈証言〉

十島が本土に復帰してからは中之島に税関ができたですよ。中之島には役場もあるしね。坂元という税関職員が来た。あれだけ盛んだったミッコウ時代の口之島も、復帰と同時に闇船もピシャッとなくなった。

物が行き渡ったのか、闇船も少なくなって、税関はできたけれども仕事がない（笑）。税関の坂元さんは退屈しのぎに、アカヒゲを育てるのに夢中になっとった。アカヒゲを捕るのは箇単なんだが、育たない（飼育できない）。巣を見つけてヒナを手に入れて、落としカゴに入れておけば、親が寄ってきて、その親を捕るのは簡単。ところがどっこい、一日として生きとらんですよ。もう、逃げようとしてシンケイ（気狂い）のようになって、顔は血だらけになるし……だから昔、臥蛇島では貢ぎ物にアカヒゲとカツオ節を薩摩藩に差し出したという話が残っとるが、生きてあすこ（薩摩の城下）まで持って行くことがならず、途中で死んだら羽でも切って、その証拠に持って行かなければならなかったっ、ち。そういう言い伝えがあるですよ。

仲間の鳥を呼び寄せる落としカゴ

坂元ゼイカン（税関吏）がやったのは、ヒナから育てる。ヒナの飯そのものを一生懸命に研究したんですね。飯を練って、箸の先に付けて……もう、ひもじい（腹がへってる）から、口をパッパやりおる。それで餌付けに成功したわけ。暇人じゃなけりゃあ、でけんわけですよ。朝から晩まで、ヒナが口を開ければ餌をやるやるしてねえ。ここ（日之出）の分校に来とった芝先生、日之出分校の

アカヒゲ

主任をしていた芝貞夫先生（一九六五～一九六九年）の女親、その人も暇じゃから、餌付けに成功しとる。それと、吉留建設の三次さんも成功した。他の連中はしょっちゅう餌をやることができんからダメ。

一年と少ししたら奄美も復帰して（一九五四年）中之島の税関はなくなって、アカヒゲは天然記念物になって、飼うたらいかんていうことになったわけなあ。芝先生は許可をもらって、「そのアカヒゲだけならいい」って。三次さんはアカヒゲを鹿児島の自宅に持って行ったら、鳴き声がいいもんじゃから、どういう鳥がああいう声を出すかて、皆が見物に来よった、て。そうしておる間に、軒先に鳥カゴを吊しとったら、カゴごとポッと盗まれて（笑）。それで、もう今じゃ、養う人はひとりも居らん。

近ごろは巣をイタチが狙うのか、アカヒゲが減ったていうが、地べたに止まっとるのは猫でも簡単に捕るからねえ。日之出の貴島の家に行けば、ブロックを積んだ家で、入口にこれくらいの小まい孔があけてあり、毎年そこに来る。不思議で、いっぺん巣を作ったところには、必ず戻って来るんですよ。村の神社の軒先にも巣を作るところがあって、毎年来るからね。貴島のところのアカヒゲは慣れたもので、連れ合いが餌をやったら、手の平から食べるからねえ。

アカヒゲは渡り鳥と言われとるけども、分からんところがある。あれが渡りなら、昼でも夜でも疲れたら、航海中の船にでも降りてくる可能性があるけど、そういう話も聞いたことがない。あれは渡りじゃあなくて、島に居付いとるんじゃろう。冬になれば羽の色が変わって、近くの山奥に居るんじゃなかろうか、て言う人も居るんですよ。

考えてみりゃあ、アカヒゲの餌づけ成功もミッコウ開けの思いで話やねえ。〈証言了〉

10 海運業の誕生

〈証言〉

畠(はたけ) 亀五郎小父(ジイ)は、わたしがこの島に来た時分までは、元気にしよった。きれいな着物を着てねえ、その姿だけは覚えとる。舟の達者な人で、臥蛇にも行っとる。立派な家をヒガシに造ってあったが、佐藤福二さんの家の出火で、その一帯全部が焼けてしもうた。臥蛇の学校を造りに行ったことがある萩原源之助大工ね、あれが建てた家も焼けてしもうたです。

亀五郎ジイは奄美大島の笠利村から来た開拓者ですよ。明治の終わりのころやないかな、来たとは。後には、ひとまわり大型の帆船を持って、桑木の買い付けに隣の臥蛇島に何回となく通っとる。この木のジン（芯）は土中に埋めても腐らんのですよ。堀立小屋の柱材に使われとった。

わたしが憶えてとるのは子どもが四人居って、一番下が勝治、その上が貞治、さらにその上の息子は商売しとったが、名前を忘れてしもうた。その上の彦市が長男ですよ。（彦市の）家内のミネは奄美の喜界島出身で、十島の文園村長を知っとった。文園さんと同郷やからね。

彦市は名瀬でミネと知り合って一緒になって、奄美から島に戻って来たときは、幼子二人も一緒やったというから、戦後に戻って来たとやろう。彦市はナナツヤマ開拓に加わっとらんが、わしがここ（中之島）へ来たときは、ヒガシからナナツヤマへ通って来とった。トカラ馬三頭を曳いて、山師の荷を運んどったんですよ。

運搬する品物は帝鉄（帝国製鉄）宛てに船が運んできた荷ですよ。島津産業が出て行った後に入って来た広島の鋼鉄会社やけど、炭焼きをするために山師を雇うて、あちこちの木を伐って、それで炭を焼いておった。その木炭を入れて特殊な鉄をつくるらしいんじゃ。その人たちの荷なんどを、ムラからナナツヤマの現場まで運んどる。馬ていうのが、こまい（小さい）トカラ馬よ。宝島にはこの馬がようけ居って、定期船が着くでしょうが、何十頭ていう馬が鞍を

トカラ馬。体高120センチ前後。畠彦市はこの小型馬三頭で「下」からナナツヤマまでの運送業にたずさわった（荒川健一撮影）

着けてミナトに来よったからねえ。あすこの島だけは特殊やった。

ここの日之出分校に松葉口（まつばぐち）ていう先生が転勤になって来たんですよ。この人の子がおもしろいことを言うた。「中之島には角のない牛が居る」て。松葉口先生は、ここに来る前は平島分校で先生しよったからね。平島には馬が居らんで牛しか居らん（笑）。それで、（中之島にテレビ中継局ができて後）わしが議員やったときに村に要求したとが、各学校のテレビだけは、高うてもいいから、色の付いたヤツを配布せえ、て。当時はほとんど白黒やったですからねえ。色が付いとれば、島にないものがテレビに写っとっても、色がどうやった、こうやったということが子らにわかり、馬と牛が（違うんじゃていうことが）わかるから、て。

ミナトから日之出までの開拓道ができてからは、運送業を車に取って代わられた。自衛隊上がりの田畑という男が三輪トラックを運転して運ぶようになってね。それで彦市の運送業はパー。あとでは関西へなおった（引っ越した）。子どもは大阪付近で成功してですよ、公民館へ行ったら、彦市の子が寄付したいろんなヤツがありますよ。〈証言了〉

亀五郎はヒガシ（東区）の住人である。この人は八人兄弟で、兄の喜美哲（きみさと）は奄美大島本島の赤木名生まれであるが、諏訪之瀬島へ開拓民として入島している。それが明治二十六年のことである。その後、明治末には諏訪之瀬島から中之島へ移る。弟の亀五郎は諏訪之瀬島を経由せずに、赤木名から直接中之島へ移ったようだ。亀五郎は戦後になって何度も平島に通っている。亀五郎の所有するイタツケ船は大きくて、艪を四丁備え、全長が六メートルほどあった。その舟を使って運輸業のようなことを手掛けている。積載荷は通う島によって異なる。臥蛇島からは桑木を仕入れ、それを他の島に運んでいる。桑木は硬く、土中に埋めても腐りにくい。その特性を活かして、掘っ建て式の家屋の柱材として引き合いがあった。『臥蛇島金銭入出帳』には亀五郎の事跡が諸処に記録されている。特に昭和三～四年前後の記録には多い。

戦後、亀五郎は平島からは牛二頭を中之島まで運んでいる。船賃がどのくらいだったのかはわからない。二頭のうちの一頭はニシ（西区）の日高政則（日高登の実兄）が入手した。政則氏の杉林が宮川の上流にあり、それを出荷するのに牛に曳かせて海岸まで運び出した。その杉をダンベ船（ハシケを大型にした舟）に載せて沖の本船まで運び、沖縄や鹿児島本土の川内（せんだい）（現薩摩川内市）へ出荷している。

山仕事の合間には、亀五郎が運んできたその牛を使って闘牛をして楽しんだ。現在の中之島小中学校の前の広場が闘牛場の役割を果たしていた。「兄貴（日高政則）の牛よか、里毅（つよし）さんの牛の方が強かったなあ」と、弟の日高登（二〇一八年死去）が証言している。後に、闘牛の本場である徳之島から闘牛士が来島して、二頭とも買って帰ったそうだ。

亀五郎の三男である畠貞治は、戦後になってヒガシで店を開いた。酒類が主であるが、多方面の雑貨も商っている。平島では島内に酒類を扱う小店が一九七二年かその翌年かにできたが、それまでは畠商店から取り寄せていた。

畠貞治商店の主力商品のラベル

日之出合衆国

11　同じ姓が二つとない

一九四九年（昭和二十四）、ナナツヤマやヤルセの住民数が急増したので、村では新しい区を誕生させた。半田さんたちが居たナナツヤマは日之出区となる。その区はナナツヤマだけでなく、オオキやタコウも含まれる。ヤルセはナナツヤマから離れているので独立の朝日区とした。これで島内に四つの区ができたことになる。具体的には、在来島民の住む西区、一八九八年（明治三十一）以降に徳丸幸良たちが開いた東区、それと今回の日之出区と朝日区である。他にシイサキ（椎崎）に新し開拓地ができたが、人口も少なく地理的にヒガシに近いという理由で東区に編入された。

中之島の開拓農業協同組合が認可されたのは昭和三十二年（一九五七）二月で、初代組合長には吉岡亀太が選ばれた。オオキ（大木）を含むナナツヤマの組合加入戸数は三十戸、一〇五人であった。ヤルセや椎崎の戸数は分からない。日之出区民のほとんどがナナツヤマの住人である。半田氏は一九五〇年（昭和二十五）三月末に二代目区長に選ばれる。区長になってからは甚熊ジイの住んでいる小屋の補修を提案したり、困窮している家庭の生活保護を村長に掛けあって支援したりして忙しく動いた。半田さん自身は日本復帰後の一九五八年（昭和三十三）に、ナナツヤマから日之出区のイケバル（池原）に住居を移している。

新区誕生当時の日之出区の住民数がどのくらいであったか、明確な数値が見つからないのだが、おおよその数は村議選の投票数から割り出せそうだ。(1)

初代日之出区長はオオキ（大木）にいた吉岡亀太氏であった。この人の生まれは兵庫県豊岡市であり、戦前の一九三八（昭和十三）年に中之島へ渡って来ている。戦後の開拓民とは違って、個人の意志で農地を求めてやって来た。中之島に入る前は奄美大島本島の南部にある古仁屋にしばらく滞在していた。

吉岡氏は日本復帰後の二回目の村議選（一九五六年）に当選し、その後三期十二年を村議として過ごしている。二期目の一九六〇（昭和三十五）年には半田正夫氏も立候補し、二人ともが当選している。そのとき、吉岡氏が七十八票を獲得し、定員十二名のうちの五位で当選し、半田氏が五十七票を得て九位で当選した。日之出区から二名が当選し、獲得した票数が一三二

中之島の開拓農家出身地
昭和35年(1960)

出身地	開拓農家数(戸)
奄美大島本島	14
喜界島	7
沖永良部島	3
与論島	5
中之島内	11
十島村内の他島	3
県内の他町村	3
県外	2
不明	2
総計	50

中之島の地区別戸数
昭和35年(1960)

地区	戸数
高尾(たこう)	21
池原(いけばる)	7
七ツ山(ななつやま)	8
ヤルセ	6
椎崎(しいさき)	8
総計	50

「中之島における開拓集落とその変容」坂口彰
『鹿児島地理学紀要』
(第19巻第2号)所収

票であった。この票の中には、戦後に入って来た開拓民が住む朝日区からも流入している。「下」の部落である東区と西区からも、合わせて五名が立候補して、三名が当選している。両区の落選者の票を含めた全獲得票数は二七三であった。中之島の総投票数四〇五票の三割を日之出区の二人が獲得したことになる。票は出身地区の候補者へ投じられる場合がほとんどであり、また投票率が限りなく百パーセントに近かった。開拓民の世帯は独身者も多くいたが、同時に若い世帯の家族構成は投票権を持たない未成年者も多くいたので、投票者数の三割が、島内人口の三割に限りなく近いと言えるのではなかろうか。一九六〇年当時に住民登録している中之島の人口が一〇二四人であるから、日之出とヤルセの両区を合わせた住民数は、全島内人口の三割と仮定すると三百余人になる。吉岡亀太氏の談話記録(2)によると、その三年前の復帰時の日之出区の戸数は八十余戸であったという。一戸が四人前後で構成されていることになる。

タコウ（高尾）は日之出区の中心部であり、分校その他の主要な建物が集中している。戦後間もないころはナナツヤマに人が集中していたが、日本復帰後は多くが島を離れていった。鹿児島本土へ渡る者もいれば、関西方面に移り住む者もいる。フルサト奄美へ戻った人も少数ながらいた。そうした流れがあって、気がついてみるとタコウには同じ姓の家がなくなっていた。半田、吉岡、林、山田、安田、貴島、豊、東(あずま)、平泉、高崎、田中、肥後……といった具合である。それで、誰言うとなく「日之出合衆国」と呼ぶようになった。

日之出区の誕生は、半田さんにとってはひとつの転機となった。タコウはナナツヤマと違い、住民ひとり一人が開拓者であるという自覚をもっていたから、難局に直面したならば、これまで以上に皆が力を合わせて事に当たらなければならなかった。半田さんの今までは個人プレーで周辺住民の世話役を買って出たが、日之出区のまとめ役としては新たな任務が待っていた。

地区内の動きが活発になると、行政との掛け合いが欠かせない。そうなると、村が認める公人としての動きが始まるのだった。開拓事業に欠かせない資金を確保するためには、村予算の獲得も重要な仕事のひとつとなる。中之島だけでは解決できない案件が出てくると、地区を超えて十島村全域の島々に目を向けなければならない。そうしたときの良き協力者は永田万蔵小父（ジイ）であった。生え抜きの西区の人であるが、開拓民受け入れを渋った西区民の次世代のリーダーである。

〈証言〉

万蔵さんとふたりでヤマ（枕木用原木伐採現場）での話ですよ。万蔵さんが言うとは（言うことは）、ニシ（西区）の人たちが持っておるトクノー（徳尾）字（あざ）のヤマが五十年貸附林になっとるが、あれは期限が切れたら、無くさなければいかん、そして島で必要なヤマは、一括して（皆で）利用せんないかん、て。そう言うた。もう、ニシの連中の特権は許さんて、自分がニシの人間じゃが、ハッキリ言うんですよ。そういうところにわたしは惹かれた。

後のことになるが、わたしが議員を辞める前に、その時の永田康夫村長に、「そろそろ五十年の期限が切れるが」て言うたら、あの康夫がロクロク返事をせんかったですよ。それで、また貸附林をニシのものにしてしもうた（笑）。地元の機嫌取りでしょう。そういうところが万蔵さんと違う。[2]〈証言了〉

（1） 羽原清雅著「トカラ・十島村の『格差』と地域の政治――どうなる 七つに分散する離島村の闘い」『帝

京社会学』所収　二〇〇八年

（2）永田康夫村長はニシの人である。兄の永田万蔵が村長になったのが一九六六年で、弟の康夫が村長に就任したのが一九七六年である。半田正夫議員が退職したのが一九八四年である。

12　秋田弁を使える酪農家

「日之出合衆国」に集まって来た人は南島の島出身者ばかりではない。ここで取り上げる平泉徳衛（とくえい）氏は日之出に来る前はニシに住居を構えていたが、父親は秋田県の人だから、本籍は秋田県である。一九二三年（大正十二）生まれであるから、半田氏より一年若い。戦中は中国大陸を転戦して、終戦の翌年の正月に復員している。半田さんの復員よりも十一カ月早かった。

父親は硫黄製造用の釜作りの専門家で、最初は硫黄島（現、鹿児島郡三島村）に来て、その後、十島村の最北端の口之島に移る。それが一九三八年（昭和十三）であった。その二年後、一九四〇年にに中之島へ入った。そのとき徳衛さんは十七歳になっていた。中之島の硫黄採掘は古く、藩政時代に始まっている。父親は島の裏側とも言える大木（おおき）に大きい硫黄釜を作るために渡って来たものと思われる。この釜の発注者は鳥居康夫（日鳥硫黄鉱業所社長）である。大日本紡績（後のニチボウ）と鳥居組（大日本紡績専属の運送会社）の共同出資でできた会社である。大阪に本社がある。この会社を誘致したのは十島村であるが、大木にはすでに一戸だけ開拓者が入っていた。吉岡亀太氏である。吉岡氏は戦後に創設された日之出区の初代区長を務めた人である。

徳衛さんは子どものころ、硫黄釜の熱い中に手を突っ込んで、大やけどをした。後遺症があったのだが、大島の名瀬町で徴兵検査を受けて一九四四年（昭和十九）に応召している。本籍が秋田県であったから、配属は秋田県人で固められていた部隊に配属されたのだが、育ちが硫黄島や口之島、中之島であったため、秋田弁が喋れない。本人が言うには、「最初はねえ、コトバが通じんやったが、親父がズーズー弁使いよって、聞いておったもんやから、皆わかった」そうだ。衛生兵として中国大陸深くに転戦する。

〈平泉徳衛証言〉

最初は下関へ行って、そこから朝鮮に渡るんやが、「金剛」て言う八〇〇〇トンの船やった。海を見たことない人（兵）が居るわけよ。「この船が沈んだら、真下はどのくらいあるやろうか？」て、湖みたいに思うとる（笑）。下関から八時間かかって釜山に上陸して、ひと晩お寺に泊まって、すぐ汽車に乗って天津へ。そこで正月してな、天津の正月は昭和十九年やった。

そしてまた車で奥地へ……。漢口から武昌に渡って、ドウツウ寺という寺があって、そこにひと月居った。……。武昌に武漢大学てあるが、日本の陸軍病院にしとって、悪い兵（重傷兵）は入院させて、そこで死によったな。

わしは衛生兵じゃったもんやから、わりかた楽やったよ。各中隊に、中隊て言うとだいたい二〇〇人ぐらい居ったかな、その中に衛生兵が四人居る。大隊ごとにお医者さんがひとり。病院長も居って、それも皆一緒に付いて行くわけよ。従軍看護婦の人も部隊に付いて歩く。従軍看護婦は相当居ったんじゃないかなあ。何十人て、日本人たち、朝鮮人たちが居って……戦死者がでたり、ケガ人がでたりしたら、看護婦の加勢しよったりして、ズーッと車に乗せて……。

〈証言了〉

食糧調達のために、空き家に侵入して、穀類を徴発することもあったが、そんなとき、中国人民軍（共産軍）とはち合わせになることもあり、共に友人のような親しさが湧いて、発砲するようなこともない。

雲南省にたどり着いたときに停戦となり引き返す。日本の敗戦後も大陸は内戦状態にあり、共産軍と蒋介石軍とが激しく交戦していた。徳衛さんの舞台は終戦後は蒋介石に食糧援助をしてもらい、共産軍と対峙することになったのだが、負け戦の後だけに、戦意もなく、鉄かぶとで人体が隠れる深さだけ掘って、隠れていた。それでも、蔣介石の支援をしたということで、帰国は他の部隊よりも早かった。軍隊では食糧も豊富であったたし、苦しい思いもしないですんだ。「運が良かった。自分らは軍隊ではなしに、運隊やった」と笑った。

〈平泉徳衛証言〉

佐世保港に上陸したとが、昭和二十一年正月の十八日やったかな。そしたところが、アメちゃん（アメリカ兵）がそこに居って、兵隊が持ってきた物を検査して、パンツまで脱がされて……（笑）。そして、長崎のハエノ崎かな、あすこまで歩いて、あすこでひと晩泊まって、そいで解散式やった。お金を五〇〇円貰うた。米が一升五〇円しよったで、一〇日分が二年間の報酬やった（笑）。

鹿児島に着いたら焼け野原じゃから、どこでも歩きよった。道じゃなしに……（笑）。そう、鹿児島までは汽車で、汽車はタダよ。復員証明書を持っとったから。叔母さんが（市内の）新照院に居ったから、そこを訪ねて行って……。今度は島に行く船が、もう、島は外国になっとったからなあ、通う船がなくて……。

鹿児島には忠吉（中之島西区の日高忠吉）さんが居ったなあ。亀ジイ（吉岡亀太）も居ったし、康夫（西区の永田康夫）も居った。船に乗るのに乗船証明書を貰らわんにゃ、いかん。船賃はタダやった。それ（証明書）を貰うとき、役場の収入役みたような人に臥蛇（島）の人が居ったよ。役場の職員やったとじゃなかろうかなあ。名前が何て言うたかなあ。わたしが帰ってきたときは、役場は鹿児島にあったから、中之島じゃなくて。その後に中之島へ移っとる。

トシマ（第一・十島丸）に乗るはずやったが、忠吉さんたちが、「どうせ、中之島まではわしらが乗る船も行くんやから、一緒に乗れ！」て……。口永良部まで来たが、それから先は行かんもんじゃから……。口永良部の宿に口之島の中村直次郎ていう人が居って、その人が小まんか（小さな）舟を持っとって、その船、ウトさんという人に雇われた格好で、持っとって、その船に乗せてもらって口之島へ渡った。

そこの海岸でひと晩泊まって、次の日に、忠吉さんたちが島の人に「送ってくれんか？」て頼んで、丸木を出してもらって……帆を掛ければ一時間で来る。口之島の中村よし太郎の丸木やった。昭和二十一年の三月末やった、中之島に着いたとが。〈証言了〉

平泉徳衛さんは中之島ではよそ者であったから、下の部落には家を建てる土地も手に入らず、島裏のヤルセで、ひとり牛飼いを始めた。それが一九四八年（昭和二十三）で、半田氏がナナツヤマへやって来る前年であった。まもなく、ヤルセにも開拓者が入ってきた。ナナツヤマからは、山道を歩いて小一時間の距離にある。ヤルセに入って来たのは喜界島、沖永良部島、大島の笠利村からの人で、臥蛇島からはひとりも来ていなかった。

〈平泉徳衛証言〉

わたしが復員して、中之島に着いたとが昭和二十一年（一九四六）三月で、ヤルセの開拓に入ったのが二十三年やった。半田さんは翌年に来たが、ヤルセでは無うしてナナツヤマにね。ヤルセは馬の牧場にしておったから、竹が笹も無いほど馬が食うてしもうて……。牛も居ったが、山羊にみいに放し飼いにしてあった。夕方シラキ（白木）に居った牛が次の朝はナナツヤマの海岸に来とったり……。

ヤルセの開拓に入ったときは、わしひとりで、軍政府とは関係なかったから、最初は補助も無かったんだけど、後から貰えた。ヤルセは平地だけで十四町歩の広さがあるが、あすこには馬が居るし、牛が居るし……。焼畑をしよったろう。火付けて焼いて、粟蒔いて、次の年にはソバ蒔いて、それから芋とか……。

検査（官）が来るときがあって、開拓に復帰しているか復帰してないかの検査があるわけよ、それに漏れた人は開拓に入れん。開拓に向かん者はみんな「増反」ていうて、うちくれてなあ（うち捨ててなあ）……「入れてくれ」て（検査官に）頼むが、開拓団に（配分する）土地がないとか、かんとか言うんじゃなかったろうか、入れん人も居る。

開拓団に入れん人がヤルセに居ることは居るわけやが、開拓団ではなくて、「増反」や（だ）と分かる旗（?）を立ててよ、畑を買うわけよ。わしらは開拓者やだから、買わんでも良え。一反歩が一〇〇〇円じゃろ。おおごとやった。（開拓団に入ってない人でも）田んぼを開墾すれば、一反について七〇〇円の補助が出よった。ヤルセには多いときは、子どもや分校の先生（ふたり）を合わせて四〇人ぐらい居った。独り者も居ったからなあ、一〇戸を超したですよね。

わしはヤルセで芋をいっぱい作っとったから、沖縄の漁師が来れば、魚と交換しよった。魚捕りにイトマンの衆がよう（よく）来よった。ダイナマイト漁しよったから。石油缶に火薬を半分ぐらい詰めて、それに導火線を引いて……。しばらくすると、ワーンと、地面まで動くよ。そして、魚がいっぱい浮いてくるんじゃなあ。それを、今度はイトマンの衆がサバニ（板付け舟）で行って、袋を持って沈んで（潜って）袋に魚をかき集めて、舟に引揚げて、また、引揚げて、一回（の爆発）で、小さな舟に満載しよったろう。根こそぎよ（笑）。

イトマンは舟を二艘持っとって、機械船やったで、一艘は沖縄に魚を持って帰る。また、一艘は島で待っとって、（荷を）空にして帰ってきた舟と交替で、捕った魚をまた運んで……。警備船が来たとなれば、岩陰に漕いで行って隠れとった（笑）。わしらはその魚をだいぶ貰いよったろう。

ヤルセに家を構えて牛飼いを続けて居ったが、一時期、ムラに下りて硫黄を採取して闇で鹿児島に出荷したこともあるですよ。硫黄は電柱のガイシに埋めるために使われたとった。それと、島のあちこちに米軍が空爆したときに落としていった薬莢や鉄くずを拾い集めて、地金として出したりもした。鉄は値が低かったが、真鍮は単価が高かったね。銅線も高くて、一トンで十万円になったなあ。他の連中も同じじゃったろう。銭を稼ぐのにあれこれの仕事に手を出したからね。〈証言了〉

後日筆者は、「徳衛さんからヤルセ開拓時代の話を聞いたけど」、と半田さんに告げると、土地買い上げの経緯を付け足して語ってくれた。


〈証言〉

ヤルセには最初に徳衛さん一軒だけが構えて、牛飼いをしとった。ひと筋（まっしぐら）の男ですよ。ヤルセにいっときは人がようけ（たくさん）居ったが、人が居なくなったときに、あれ（徳衛）の土地を村が買い上げるて……。本人が言うには、「金はいらんから、今度はシイサキ（椎崎）の方へ、それだけの面積を（貰って）、まあ、言うならば、土地を交換した形で……そこに牛を移した。住まいは下の部落の方に移ってね。徳衛の息子が島に帰ってきてね、これは海が達者（魚捕りが上手）やったから、ウチの息子が乗っとった（乗っていた）船を徳衛の子に譲って、トビウヲ捕りじゃ、何の漁じゃ言うて、それから大きな船を買うて、鹿児島（の魚市場）に往ったり来たりしとるわけ。開拓時代には徳衛さんがヤルセの理事をしとった関係もあって、わしとは親しいわけよ。徳衛が日之出に直って（移って）来て，開拓者の二軒分の土地を買うてね、大地主でもある（笑）。退屈なときにはわが家にもやって来るですよ。

〈証言了〉

同じ開拓民であっても、半田さんとは仕事の選び方が異なる。徳衛さんは先代からの住居者であり、また、連れ合いが西区出身者でもあったから、人のつながりが利用できた。裸一貫からの出発と言っても、半田氏に比べれば、裸に薄手の衣をまとっている。父親の仕事を手伝った経験があるから、硫黄を採集する技術が活かせたし、どこに硫黄の噴出口があるか承知している。また、手づるが利用できたのは、地金の出荷の場合にも言える。父親が作った硫黄釜が放置されているのを知っているから、それをハンマーでたたき割ってくず鉄として売り払うこともできた。在来島民との縁があったから、その人の子らが小遣い稼ぎに拾い集めた地金を、徳衛さんがスムーズに買い上げることもできた。

ふたりの性格の違いは大きい。半田氏は人と交わる仕事を率先してやる。区長になり、村議になることを選んだのは、その良い証拠である。一方は、無人のヤルセで牛飼いを営々とやれる人だった。共通している点は、徳衛さんのコトバを借りるなら、「東北の人はクヨクヨしない。小さいこともあんまり言わない」そうだ。本人もいたって明るい性格である。半田氏も、「人の運ちゃあ、分からんもんですよ」が常套発言であることでも分かるように、先のことでクヨクヨと思い悩まない。悩む前に体が動き出してしまう。二〇一三年五月の時点で、共に九十歳を超えてかくしゃくとしていた。

13　借金申し出の代筆まで

〈証言〉

重(しげ)　栄五郎は集合写真には載っとらんが、けっさくな男でねえ……。ニコニコ小父(ジイ)、て皆が言いよった松田清吉さん、ほら、ニシの登さん（日高登）の家内のお父さんよ、その弟でヒガシの温泉のすぐ上のトノゴウに居った松田文吉とは大阪で知り合っとった。栄五郎が釣りに行くときは文吉とナナツヤマの海岸で会いよった、て言うもんね。目の悪かった家内がおったが、財閥の娘でね。ふたりとも喜界島出身でナナツヤマに来とった。

戦前は大阪で市電（路面電車）の車掌をしとったって。相棒と組んで運賃をくすねる話なんか、悪いコトするにもいろんな手があるんじゃなあ、ち思うたなあ。電車が走りだしたら、「どこどこで待っとるよ」て相棒と示し合わせとって、金を紙に包んで窓からポッと道路へ……後で山分け（笑）。

おもしろい男で、島を引揚げて鹿児島に行ってからはチンドン屋。チンドン屋をやれば土地のヤクザとケンカになったりしたら「おう、わしを殺すなら殺してみい」て、いきなりその場にひっくり返って、ヤクザが相手にできなかった、て言う男やった。

皆よりも先に来とって、ナナツヤマの隅のワキというところの川のふちに居ったのよ、一軒だけでね。わたしらが家作りの加勢に行ったらね、喜界の男じゃから、木の種類を知らんわけなあ。ゲタ木に使う桐の木よ、あれを桑の木て言うて、あれも桑の木、これも桑の木、あれで家を作ってくれ、て……。ゲタを作るんじゃな？、て皆で笑うた、笑うた（笑）。そのときの家ていうたら簡単なもんですよ。ビローを何本か伐れば、あの葉っぱで屋根を葺いて、壁までビローで張るから簡単に家ができる。

その栄五郎がわしに言うわけね。「家内の家は財閥やから、お前が何とかうまいこと言うて金を送らすごと、手紙を書いてくれて」って（笑）。「自分が書いたら具合が悪いから、お前が端から見とるような状況で、暮らしが苦しいから何とか金を送ってやらんか、ぐらいの手紙を書いてやってくれ」って。そんな手紙の代筆をしてやったこともあったですよ（笑）。ナナツヤマに永くは居らずに、日本に復帰したらすぐ居なくなった。チンドン屋をするぐらいな男だから、漫才師みたような男だった。おもしろい男やった。あんなけっさくな男は居らんかった。〈証言了〉

14　小便サワラ（鰆）

〈証言〉

ノザキて言うたが、家内が臥蛇島の人で、彦次郎の娘を貰うとる。家内はノザキと一緒になる前は名瀬で看護婦（現在の看護師）をしとって、そこにケガで入院したのがノザキやった。ノザキは奄美大島からナナツヤマへ来て、ナナツヤマの分校の下に、これも臥蛇島から来とった田中由麿（田中坊さんの三男）が住んどったんじゃが、さらにその下方にあるナカバタケに四男の典孝がいた。典孝の隣にノザキがいたんだが、分校がナナツヤマから日之出に移った一九五三年（昭和二十八）十月から先は、ノザキ夫婦も日之出に移っとる。が、いくらもせん内に（ほどなく）阿久根大島（阿久根市）に引き揚げとる。野生鹿の鹿番の仕事しにね。

ノザキていうとが、人は良えんじゃ。ええんじゃが、飲んだくれでねえ（笑）。下（ヒガシとニシの部落）に行って、焼酎を飲んだら、歩いてタコウ（高尾・日之出のこと）へ帰る間に、もう、フンドシ一丁ですよ。着物を全部脱いで……。

ケッサクな話て言うたら、いっぺん、わしが耕運機を下（の部落に）に運転して、用事がすんで帰ろうとしとったら、ノザキが酔っぱらっておって、「サワラ（鰆）を一コン買うた」て、言うわけよ。そのときノザキが、「わしも、是非（耕運機に）乗せてくれ」て、言うわけ。で、タコウの平地まで上がって来たとき、わしが運転席から荷台の方に振り返って見たら、ノザキが小便をしたくなったんでしょう、荷台に積んであったサワラに小便をジャージャー引っかけるわけよ。飲んどるから、ホー（判断）が無かわけよ。家まで連れて来たら、人の良え男でねえ、「サワラを持ち帰ったんじゃから、ぜひ刺身を食うていけ！」て、言うわけ。誰が、小便かけた魚を食うかて……（笑）。「ああ、もういいが」て、帰ってきた（笑）。〈証言了〉

15 「キョーヨーペンキを送れ」

日之出区だけでなくどの島でも、買物をするときに島暮らしの不自由さを実感させられる。現物の品物をこの目で確かめることができない場合は、予想を超えた行き違いが発生する。

〈証言〉

役場（鹿児島市泉町）内に漁協（十島村漁業協同組合）の職員がふたり居って、わしがそれらに言うたことは、「村民を大事にして、できるだけ安価なものを買うてやらんば（買ってあげなければ）」ち。当時、島の者が品物を手に入れるていうたら、判取り（後述）をして漁協に注文して、それを受けとった職員が（鹿児島市内の）商店に注文して、船便で島へ送ってもらっておった。

当時のケッサクなのは、わしが鹿児島に行ったとき、係りの職員がわしに、「これは、どういうふうに解釈したら良かですか?」て、注文品を書いた手紙を見せた。……呆れてモノが言えん。こんな手紙があるわけですよ。「こないだ、わしが注文した、あれを送れ」だった。それだけ（笑）。

係りはたいへんなことですよ。中之島のヒガシの者から来た注文品を、これをペンキ会社にどしこ（いくら）問い合わせも、「そういうペンキは無い」て言うわけ。書いてあるのは、「キョーヨーペンキを送れ」って。ペンキのつもりで鹿児島中の、ペンキを売っとる店を探してもない。

村長の万蔵さんが二階の村長室から下りてきて、係りとわしが話しとるのを見て、「待て」っち。ちょうどヒガシ（東区選出）の議員の佐藤健夫の子が役場に務めて居ったときやったで、「おまえ、これ、分からんか？」て聞いたら、「これは、共用便器じゃなかろうか」て（笑）。

これは漁協とは関係ない話しやが、「三菱の印の入ったエンピを一本買って欲しい」て言われて鹿児島に来た者が居ったんですよ。戦前は横文字をやめて和語を使うごと指導されとったから、戦後も間もないころも、その癖が抜けんかったんでしょうなあ。ショベルのことをエンピと言いよった。注文した本人はショベルを一本、それも三菱の印が入ったヤツが欲しかったわけやが、頼まれた者が買って帰った品は三菱鉛筆一本やった。嘘みたいな話やねえ（笑）。

わしが経験した話やが、悪石島の山田ていうとがトシマから降りて（定期船十島丸船員の職を離れて）、役場の経済課にいっとき居った。漁協の仕事も手伝っとって、あれに品物をちゅうもんしたら、いつさい（ちっとも）送って来んもんじゃから、請求の手紙を出してやったのよ。「山田さん、わしが注文した品物は、鹿児島にはなくて、おそらくハワイあたりから注文して……それで遅いんじゃろう」ち、書いてやった。もう、今度は「ハワイから注文した」て言うてねえ、いっときは、それが笑い話になって……（笑）。〈証言了〉

この証言の冒頭部に「判取り」が出てくるが、これはトカラ諸島を管轄する十島村内だけに通用するコトバである。これは送金システムを表している。このシステムによる送金先は限られていて、同じ村内に居住する者、あるいは、鹿児島市内にある村役場内に置かれている十島村漁業協同組合（以下、漁協と略す）宛に限られる。送金のほとんどは漁協宛である。利用目的は商品の購入である。島内に商店がない島では、島外から商品を取り寄せる。二十一世紀に入ってからはインターネットを利用して、些末な商品でも取り寄せることができるようになった。それ以前は、鹿児島市の十島村漁協を中継して、市内の商店の品を取り寄せていた。

注文主は、取り寄せたい品々の明細を紙に書き出して、それを代金と共に封筒に入れる。正確な品代がわからないので、多めに入れる。その袋を島内に住む役場駐在員の元へ届ける。駐在員は袋の中の現金を確かめてから判取帳（はんとりちょう）に、現金の額と注文主の名を書く。その駐在員は定期船が寄港すると、当時の郵便配達夫が常用していた黒色の肩掛けカバンに、他の郵便物と一緒に判取帳を入れて定期船に出向く。船内の事務長室で事務長に現金入りの袋を渡し、中身を確認し、間違いがなければ、受け取ったことを証明する判を判取帳に押す。定期船が鹿児島に帰港した後、事務長はその現金入りの袋を役場内の漁協に渡す。職員は封筒の中味を確認してから、該当する商店に電話連絡して、品物を注文する。

しかし、こうしたやり取りに支障をきたすこともある。職員が困惑した文面のひとつに、「こないだ、わし（自分）が注文した（のと同じ）、あれを送れ」というのがある。島で暮らしている注文主は、紙に注文したい品を書いている最中に、いつも親しくしている職員の面影を思い浮かべ、肉声で相手に伝えている気分になったのだろう。

そうしたやり取りが「錯覚による」とばかりは言いきれない。似たような気持ちになるのが電話口でも見られた。海底ケーブルによって一回線だけが島外と通じていた島々では、それは一九八四年まで続いていたが、会話をしながら相手の姿を網膜に映し出しているのだった。相手の話し声がよく聞き取れるとき、「良う写（うつ）っちょっど！」と満足げに言うのだった。

また、肉筆を通しての商品注文を行き違いなく処理するためには、互いの文字使いが共通であるという前提がなければならない。また、初めて耳にする語を文字に書き写すときに、発音した者に誤りがなくても、聴き手には別音表記をすることがある。

中之島はア行、ヤ行、ワ行の混同は日常茶飯事である。南西隣の平島では、甲板を洗うデッキブラシを「デンキ」と発音していた。「デッキ」を「デンキ」と聞き取った結果である。同じように、「スイチュウメガネ」（水中メガネ）の「スイチュウ」を「スイッチ」と聞き取った。こうした聞き違い、あるいは表記違いの例に先の「キョーヨーペンキを送れ」という注文がある。判取りシステムは郵政法に触れるのだが、これを改めるには各島に郵便局か銀行窓口が備わっている必要がある。二〇一八年五月末をもって、判取り制度が廃止された。同年に村内のすべての島に郵便局が整ったからである。

16 地下足袋（じかたび）を履いた分校主任

十島村内には公立学校だけしかない。しかも中学校までで、それより上級学校へ進学したければ島を出て、下宿生活を送るか、村営の学寮（十島会館）に入るかしなければならない。十島村内の全学校は五級僻地の指定をうけている。交通不便な地であるから、その見返りとして、

沖掛りしている定期船に通うハシケ舟。駐在員が肩にかける黒カバンには郵便物と判取り用の封書が入れてある（森本孝撮影）

定期船が運んでくる荷をハシケ舟でハマに運ぶ（森本孝撮影）

俸給が二十五パーセント上乗せされる。それでも村内の学校に積極的に赴任を希望する先生は多くない。結果として教員不足になるおそれがある。そのために、ある時期までは、三年以上の離島教員経験を積まなければ、教頭昇進試験を受ける資格がもらえなかった。

そうした赴任状況のなかで、島の暮らしを心底から楽しめる先生もいる。芝貞夫先生はそうしたひとりであり、「合衆国」の民であったと言える。地下足袋を履いてする仕事を日常的に行っていた。日之出区は山中にあるから、定期船が寄港しても、沖係りの船にハシケ舟を通わす義務もなく、荷役作業も免除されている。そうしたなかで、荷役作業の義務を負っているニシやヒガシの青年団の面々とコマイ竹の積み込みをしていたのが芝先生である。

〈証言〉

万蔵さんが村長の時代、新しい役場、支所、十島会館ができて、あの人の手腕は恐ろしかったですよ。発電所の計画ですよね。テレビが観れるようになると、電力が足らんごとなるから、あすこに水力発電を造るということになった。正直言ってね、今はダムができとるから、水がいっぱいあるようにしとるけど、ダムがない時代、わたしが水力発電をひらく（新規に造る）て言ったときは、たったこの幅の（数メートルもない）水しか流れとらんやった。そこに専門家を連れて来て……さすが専門家ですよ。木の葉を上から流して、何秒間で流れていくかで、その水量を計算して、「大丈夫じゃ」ち。

終戦後、国は水力発電にジャンジャン補助金を出した。ところが、年間降雨量の測定、試験をしていないから、ほとんどが失敗して、金かけて作ったはいいが、あとはパーになったっ、ち。そういう検査の厳しい時代だったから、ここの年間雨量の資料が無いもんだからねえ、ダメじゃ、ち言うたときに、日之出の分校に居った芝先生が、四年間居って、ズーッと記録を取っとった。それで資料がそろった。

その時代に県の教育長がここにやって来た。車のない時代で、わたしが耕運機に乗せて……道がないときに。タコウ（日之出区）の高原（標高二〇〇メートルの平坦地）まで上ってくる道は軍政府時代に、ブル（ブルドーザー）を持って来て造っとったから、タコウの入口までは上がれたんですよ。あすこからは竹ヤマですよ。わたしが耕運機に乗せて竹藪の中を突き進んで行くと教育長が「この耕運機は戦車と一緒じゃ」ち（笑）。

そして、現地を見て、芝先生の実績を見て、鹿児島に青少年センターちゅうのがね、初めて吉田村にできたんですよ。芝先生は、そのとき、ポンとあすこに転勤になってね。そのとき先生が言うんですよ。「ほかの先生は全部、自分からすれば素人や」ち。こういう辺鄙なところに居ってね、（自分は）いろんな仕事をした、て言うわけですよ。土方もすれば……。

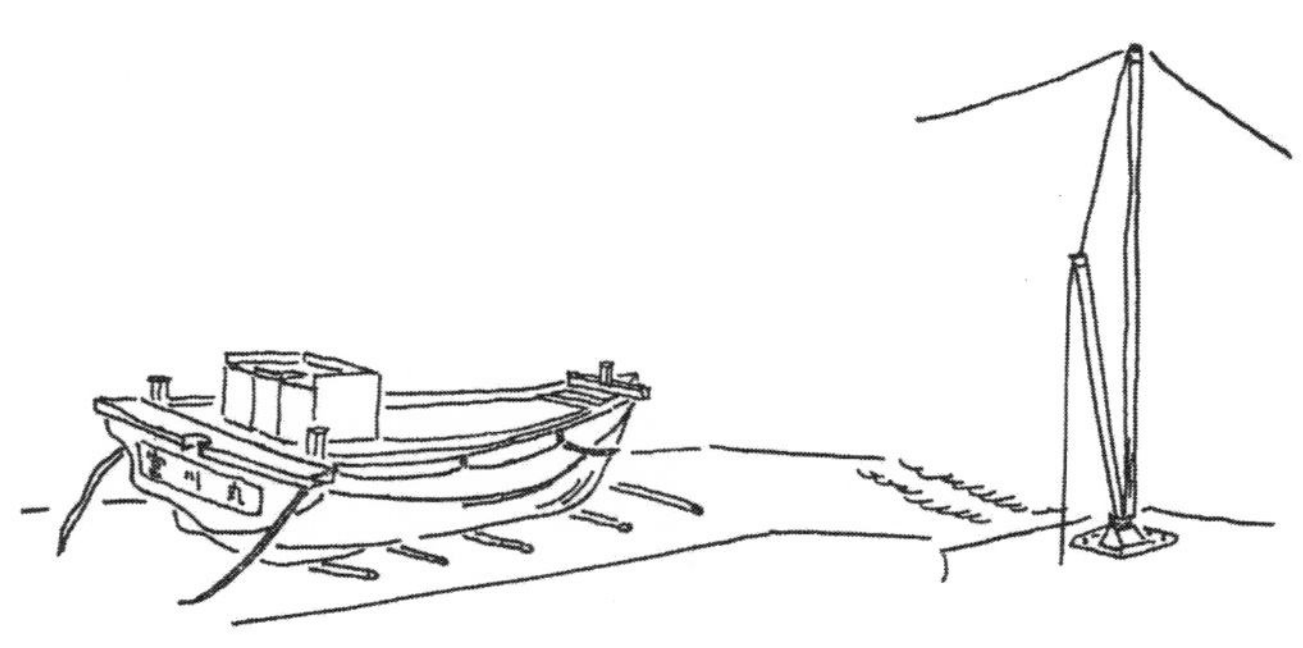

1974年に平島へ委譲された、中之島最後のハシケ舟（動力船）

あの先生の時代には、ここの生徒は島の真ん中に居るから、泳ぎを知らない。海岸ばたの人間じゃないから。そいで、プールを、小さいプール[1]を作って、そして水道の水を落として、水が間に合わんときには、ヤルセに行く橋があるでしょうが、あすこを堰き止めて、ポンプを持って来てプールに水を揚げて……。先生はいつも地下足袋履いとったからね。

当時、コマイ竹[2]の出荷が盛んなときでねえ、（定期船の）トシマが中之島に着いたって言うたら、ハシケの時代じゃから、コマイの束を担いでハシケに載せる。もう、芝先生は真っ先に自分が担いで……そりゃ、もう、ビックリするような人だったですよ。

そういう経験をしとるから、新しくできたセンターでいろんなヤツを次々に作らにゃならんとき、ここで実験済みじゃから、相当実績をあげたらしいですよ。それで吉田村で教育長になり、今度は各県でできとるセンターから声が掛かって、わたしらがたまたま（村議の出張で）長崎に行ったとき、長崎の青少年センターに居ったですよ。あの先生が日之出の分校主任をやっとるときは、まだ池山村長の時代でね。万蔵さんが下から歩いて芝先生の教員住宅まで来とる。先生から「万蔵さんが半田さんに会いたいて言うとる」ていう連絡を受けて、先生も一緒に会うた。そのとき初めて万蔵さんと話し合ったとやが、後に芝先生が言うとが、「十島村の夜明けや(3)」ち（笑）。あの先生が冗談半分に言うたことがあるですよ。

いまでも吉田村に居るですよ。あすこの教育長をしとったけど、今度吉田村が鹿児島市と合併したから、おそらく教育長ではなくなったでしょう。その後はハッキリ分からんですよ。

あの人が長男で、鹿児島県姶良町（あいらちょう）の出身で、日之出分校に居るときやった。親元へ金を届けてくれんかて、わしが頼まれて。あの時の金で、たしか五十万かそこら。暇なときに届けてくれんか、て。ちょど村議会が鹿児島であるから、そのときに届けた。バスで行ったんですよ。そして、神社があるから、そのそばで降りればすぐじゃ、ち。

芝先生の弟が姶良町の役場に務めておって、わたしの子どもが姶良町の学校行くことになったときには、その弟が保証人になってくれたり、何やかんやしてくれて……人間の縁というものは、ほんにわからんもんですよ。〈証言了〉

分校に着任したときの教員定数はふたりであり、芝貞夫と藤田礼子であった。ふたりは夫婦なのだが、着任時は別姓であった。後に、半田正夫はこの夫婦と深い縁で結ばれた。半田正夫の息子が島の中学を卒業して後、鹿児島県内の姶良町の上級学校に進むことになったのだが、町内在住の保証人が要りようであった。どうしたらよいか思案していることを芝先生に伝えると、先生の弟が姶良町役場に勤めていたので、引き受けてくれた。半田正夫は、「人間の縁というものは分からんもんです」という言い方をして笑ったが、これは戦時体験での「人間の運ちゃあ、分からんもんです」に通じる語録である。

（1）プールは三コースあり、縦は五メートルほど、横幅がそれよりもやや短い。簡易水道の水を使用するのだが、水量が足らないときには、近くに流れている小川をせき止めて、その水をポンプで揚げてプールに入れていた。区民が土を掘り、コンクリートを木枠に流し込んでの作業が続いた。その中に分校主任も加わっていた。

（2）島内全域に自生しているカンザン竹を四つ割にした建材。長さが二間（三・六メートル前後）ある。土壁を塗るときに、コマイを縦横に荒く組んで、そのコマイを内と外からサンドイッチ状に塗り固める。買い手は大阪の業者であった。

（3）その後、永田万蔵は村長になり、半田さんは議会副議長の職にあった。ふたりは村内の地域エゴと戦いながら、村政を担当していた。

あとがき

筆者は半田正夫さんが八十四歳になった二〇〇六年以降、二〇一三年までの七年間にいろいろの話を聴いた。その間の印象は、懐旧の念に浸ることが少ない人ということだった。ただ、一度だけフッと漏らしたコトバがある。「考えてみたら、わたしの一生はいろんな人と付き合いをしてね、いろんな思い出話があってね……。わたしは悪運が強かったんじゃろう、ち思うんですよ」と、笑いながら語っていた。

出征中の話（フィリピン・ルソン島）にしても、復員してからのことにしても、傍目には苦労の連続に思えるが、本人はそれを笑いに昇華してしまう。苦労の大元が何であったかの追及は執拗なまでにするのだが、身に降りかかった災危が隣人の言動に起因しているとわかると、黙ってしまう。七十歳になってからチェンソーで大怪我をするまでは、校庭に据えられている鉄棒で大回転を繰りかえすほどに機敏な動きができた。ケガをしてからはそうした動きができなくなった。相手の不注意から起きた事故であることを知っている筆者にとって、一切を語らない半田さんが大きくみえた。そんな視点を手放さないでいると、話のふしぶしに似たような場面があったことに気づく。ミッコウ（密貿易）が終わったあとの伝馬船を半田さんは買い取って自家用の漁船として使っていたが、たまたまハマに遊びに来た子どもらが遊び半分に沖に漕ぎだして破船してしまった。そのことを子らの親たちには一切語っていないから、今もって誰も知らない。本人は「あのころの子どもらは元気があった」と笑うだけだった。また、話のなかには老境に達した人特有の回顧談（自慢話）らしきものがなかった。

十島村（トカラ諸島）の日本復帰後も、半田さんの動きはかわらなかった。開拓農家の先頭に立って、砂糖黍栽培を手掛けて黒糖生産に携わる。また、農業ばかりではなく、チェンソーの技術を習得して山林労働にも励んだ。その間に村議を五期二十年務める。その時期は隣人からの頼まれごとに多くの時間を割いていた。議会が年に三回、ないしは四回開かれるのだが、そのたびに島の人の頼まれごとをこなすことに余念がない。本人が笑いながら、「買物を頼まれるでしょうが、注文の品物捜しにタクシー代が高うついて堪らんやった」と語っていた。

十島村の村議をしていた時期に、村営の緊急連絡用の高速艇を建造する仕事に関わっていたことがある。造船所が福岡県の大牟田にあったので、そこを訪ねることがあった。半田さんの生まれた地でもあり、復員後の一時期そこで働いていたこともある。

「何年ぶりかで大牟田に行ったら、知った人が居らんで、その変わりようがひどい。有名な遠浅の不知火海が見える。向こうが見えんくらい潮が引きよったからねえ。ところがそこに、三井が炭鉱を持っとって、石炭を積む船を持っとった。どうして接岸するかて言うたら、満潮時に港に入ったら、スイモンを閉めて潮が引いても大丈夫にして荷役作業をして、満潮を待って船が出て行く。石炭の仕事がなくなったら、今度は浅草ノリを一杯作っとった。何を考えても夢みたいな話や」。

二〇一四年、半田さんは九十二歳で亡くなった。半田さんよ、安らかなれ。

稲垣尚友

二〇二一年四月

〔資料〕トカラ諸島中之島日之出区の移住民たちの一行略歴（五十音順）

（「非」は「非開拓者」、数字は集合写真に載る番号、無印は写真に入っていない移住民。死亡の確認は二〇〇六年七月三十一日現在である。これは半田正夫氏の記憶に基づいている）

有川　某　非　奄美大島本島の人。ヒガシ（東区）で散髪屋を開いていた。

安達（足立）宗男　非　鹿児島（内地）の人で、炭焼きに来た。他に安達（または足立）姓の山師が二人いる。

池田住吉　39　出身地は不明。この人の姉であるハルは福納清介の妻。

今井清政　3　喜界島出身。村議に出馬するが次点で落選。死亡。

今井文一　16　鹿児島市。死亡。

岩崎道輔　37　喜界島出身。長井道賀の弟。

植田辰治　奄美大島の人。連れ合いのフクの連れ子は美人の誉れ高かった。

大木継夫　非　奄美大島の人で、東区の大喜旅館の娘婿。

緒方　某　非　大分、あるいは都城の人。山師として島に来た

名前		
沖順之介	非	与論島出身。半田氏の弟。ナナツヤマに到着するが、密航船で早くに内地へ。
要（かなめ）　成幸（せいこう）		奄美本島の住用村の人。製材技術者。
川副　禎（ただし）	非	（株）島津産業の中之島現場監督。
漢那（かんな）三郎	非	沖縄生まれ。戦前に渡って来て、追い込み漁を島民に伝授する。
喜作栄吉	35	家内は二〇一一年現在存命中。本人は死亡。
久保吉次	1	喜界島出身。
久保田八吉	22	奄美大島出身。日清戦争で右手を失った元軍曹。放牧馬捕獲の仕事をする。死亡。
坂元　某	非	税関職員。出身地不明。
定岡清治	9	電電公社の仕事をしに中之島へ渡ってきた。
定岡千秋	10	清治の長男。後の南海ホークスの野球選手。次男正司は巨人、三男タケヒサは広島カープ
重（しげ）　栄五郎		喜界島出身。連れ合いも喜界島の人。元、大阪市電の車掌。
重　某		奄美大島の人。開拓民であったが、ヤルセ分校の先生もした。

芝　貞夫　非　姶良郡隼人町（現、霧島市）出身。中之島日之出分校の主任教諭。

島　豊蔵　2　喜界島出身。死亡。

島津産業（株）　非　非開拓者集団である。都城に拠点を持つ会社。枕木の製造の目的で来島した。

高崎オチカ　非　臥蛇島出身。日之出区在住の平泉徳衛の家内であるスズ子の母親（臥蛇島出身）の妹。

高崎たけのり　非　臥蛇島出身。中之島出身の栄テル子教員と結ばれて、中之島へ移住してきた。

高崎彦次郎　非　臥蛇島出身。田中由麿の開拓小屋を日之出に建てるときの棟梁。移住者ではない。

高崎秀市（ひでいち）　非　臥蛇島出身。先祖の墓の文字を鏨で削り取って、引き揚げ先の愛知県に持参した。

高崎義次（よしじ）　13　臥蛇島出身。高崎彦次郎の三男。十六歳のときにナナツヤマへ来る。その直後に中江先生が臥蛇島から移住。

高崎美登（よしのり）　臥蛇島出身。高崎秀市の弟。

田島富四郎　28　喜界島出身。

田中栄忍（えいにん）　非　臥蛇島出身。昭和十三年（一九三八）二月に中之島の高尾（後の日之出区）へ入植。

田中かつもり　臥蛇島出身。田中栄忍の長男。ナナツヤマ分校教員。

田中　某　臥蛇島出身。田中栄忍の次男。早くに大阪へ引き揚げた。

田中由麿　12　臥蛇島出身。田中栄忍の三男。半田氏の一歳下。

田中典孝（のりたか）　31　臥蛇島出身。田中栄忍の四男。初め宮崎に出て、後に大阪に出る。死亡。

田中武夫　沖永良部島出身。昭和二十四年（一九四九）にヤルセの開拓に入る。

チョウセンの歯医者　非　中之島に居住した唯一の歯医者。太平洋戦争終結後に渡ってきて、島内で終焉した。

土岐長五郎　36　広島県出身。中之島東区に墓がある。死亡。

徳丸幸良（こうりょう）　非　奄美大島本島の笠利村出身。一八九八年に東区へ入植。開拓民の元祖。死亡。

鳥井康夫　非　「日鳥（にっとり）」社長。死亡。

中江十四與　25　佐賀県出身。鉱山技師。後に宝島と臥蛇島の教員になる。死亡。

永井（長井）道賀（みちよし）　29　喜界島出身。死亡。

西　武夫　30　笠利町出身。鹿児島市へ引き揚げて後は紬商を営む。

野崎　某　奄美大島出身。阿久根市大島の野生鹿の鹿番に転出した。

野崎（旧姓高崎）ヤス子　臥蛇島出身。高崎彦次郎の娘で、野崎の妻。

橋口美利　4　笠利町出身。死亡。

畠彦市　非　中之島東区の人。畠亀五郎の長男。トカラ馬を使役しての運送業を始めた人。

浜田憲一　池山乙助と永田萬造が出馬した村長選（一九六六年）でテープレコーダーを回した青年。

晴新一郎　14　喜界島出身。死亡。長男が名瀬中学校長、喜界町教育長を歴任する。

半田正夫　23　与論島出身。昭和二十四年（一九四九）に入島した。

半田聖一郎　24　半田正夫の長男。昭和二十六年に中之島で生まれる。

肥後周市　11　臥蛇島出身。台湾から引き揚げ者。臥蛇島には戻らずにナナツヤマに入植。死亡。

肥後武熊　臥蛇島出身。高尾に住んでいた。

日高愛熊　平島出身。戦前からの開拓者。戦後、ヤルセの住人となる。

日高伊佐義　27　口之島の出身。

平泉徳衛（とくえい）　本籍は秋田県。戦前にニシへ移住した。戦後、ヤルセに入植する。二〇一四年死亡。

振木友親　非　素潜り漁師

福納清介（せいすけ）　42　与論島出身。ナナツヤマから鹿児島市へ引き揚げる。

福納鉄男　41　清介の次男。長男の敏郎ともども、生地がはっきりしない。

福納敏郎　38　清介長男。神奈川県平塚市在住の税理士。

福原光也　19　喜界島出身。福原安彦の兄。

福原安彦　40　喜界島出身。

本蔵休則（もとくらやすのり）　非　警部補。十島村の日本復帰後、中之島詰め警部に就任。後、警察学校長。

益田いさお　7　中之島に入植するが、復帰後は鹿児島市へ引き揚げてラーメン屋を開く。

安田定一（じょういち）　17　奄美大島出身。昭和二十一年（一九四六）の第一陣のナナツヤマ入植者。死亡。

山田喜野志（きのし）　与論島出身。山田三兄弟の長男。通称、山田一号、または山田一郎。

山田柏政　与論島出身。山田三兄弟の次男。通称、山田二号。

山田伊名城（いなまさ）　与論島出身。山田三兄弟の三男。通称、山田三号。三人兄弟は満州からの引き揚げ者。

山（やま）　福富　非　与論島出身。ヤルセの海底に沈んでいる琉球沈没船の財宝の引き揚げに来た。

豊　恭秀（ゆたかきょうひで）　32　奄美大島の宇検村湯湾の出身。中之島に渡って来てから大工修業をつむ。

吉岡亀太　6　兵庫県豊岡の人。夫人は宮崎県椎葉村の人。昭和十三年（一九三八）八月に入島。死亡。

吉原吉五郎　20　喜界島出身。

吉原吉五郎のこども　21　喜界島出身。

柳沢　某　26　喜界島出身。

〈著者略歴〉

稲垣尚友（いながき・なおとも）

一九四二年生まれ。トカラ諸島（臥蛇島、平島）での暮らしをへて、現在、竹細工職人。著書に『密林のなかの書斎――琉球弧北端の島の日常』『十七年目のトカラ』（以上、梟社）、『山羊と芋酎』『悲しきトカラ』（以上、未來社）、『青春彷徨』（福音館）、『日琉境界の島　臥蛇島の手当金制度』（CD版本　NJS出版）、『灘渡る古層の響き――平島放送速記録を読む』（みずのわ出版）、『臥蛇島金銭入出帳』（ボン工房）、『戦場の漂流者・千二百分の一の二等兵』（弦書房）などがある。

〈語り〉半田正夫（はんだ・まさお）

一九二二年、福岡県大牟田生まれ。鹿児島県与論島で育ち、一九四四年出征。フィリピン・ルソン島で敗戦、捕虜収容所をへて帰国。一九四九年、鹿児島県十島村に渡り、開拓農家の世話役、村会議員を歴任。二〇一四年没。享年九二。

占領下のトカラ
――北緯三十度以南で生きる

二〇二一年五月三十一日発行

著　者　稲垣尚友（いながきなおとも）
発行者　小野静男
発行所　株式会社　弦書房
（〒810・0041）
福岡市中央区大名二―二―四三
ELK大名ビル三〇一
電　話　〇九二・七二六・九八八五
FAX　〇九二・七二六・九八八六

組版・製作　合同会社キヅキブックス
印刷・製本　シナノ書籍印刷株式会社

落丁・乱丁の本はお取り替えします。

ISBN978-4-86329-227-7　C0021

◆弦書房の本

戦場の漂流者　千二百分の一の二等兵

稲垣尚友【著】／半田正夫【語り】 太平洋戦争末期のフィリピンとその周辺海域、苛酷な戦場を漂流するように生き抜いてきた二等兵(最下層兵)が語る命がけの青春彷徨。ユーモアに満ちた独特の語り口調で、爽やかな読後感を覚える稀有の書。〈四六判・208頁〉**1800円**

【第60回熊日文学賞】

戦地巡歴　わが祖父の声を聴く

井上佳子 日本のどこにでもある家族の戦争と戦後を忘れないために――著者は、戦死した祖父の日記に静かに耳を傾ける。戦地で散った兵士たちの記憶をたどり、当時を知る中国人も取材、平和を生き抜くための言葉を探す旅の記録。〈四六判・288頁〉**2200円**

占領と引揚げの肖像　BEPPU 1945-1956

下川正晴 占領軍と引揚げ者でひしめく街、別府がBEPPUであった頃の戦後史。東京中心の戦後史では、個々の住民が体験した戦後が見えてこない。地域戦後史を東アジアの視野から再検証。その空白が朝鮮戦争期にあることも指摘。〈四六判・330頁〉**2200円**

忘却の引揚げ史　泉靖一と二日市保養所

下川正晴 戦後史の重要問題として「敗戦後の引揚げ」はほとんど研究対象にならず忘却されてきた。引揚げ港博多で中絶施設・二日市保養所を運営し女性たちの再出発を支援した感動の実録。戦後日本の再生は、ここから始まる。〈四六判・340頁〉**【2刷】2200円**

小笠原諸島をめぐる世界史

松尾龍之介 小笠原はなぜ日本の領土になりえたのか。江戸時代には「無人島」と呼ばれていた島々が、幕末に「小笠原」に変更された経緯を解き明かす。江戸と長崎の外交に関する文献から浮かびあがる意外な近代史。〈四六判・250頁〉**2000円**

*表示価格は税別

◆弦書房の本

【第35回熊日出版文化賞】

昭和の貌 《あの頃》を撮る

麦島勝【写真】／前山光則【文】　「あの頃」の記憶を記録した335点の写真は語る。戦後復興期から高度経済成長期の中で、確かにあったあの顔、あの風景、あの心。昭和二〇〜三〇年代を活写した写真群の中に平成が失った〈何か〉がある。〈A５判・２８０頁〉**２２００円**

有題無題 日本読書新聞 １９５８〜１９６３

巖浩　多くの読書人たちを魅きつけた「日本読書新聞」名物コラム〈有題無題〉の、当時の筆者がみた戦後日本への直言２６８話。昭和30年代、どのような本が読まれていたのか。鶴見俊輔ら若き思想家や作家たちが当時をどう捉えていたのか。〈四六判・２０８頁〉**１８００円**

団塊ボーイの東京 １９６７〜１９７１

矢野寛治　昭和23年（１９４８）生まれの筆者が、当時の周囲の人々との間で交わした言葉を大切に蘇らせた力作随想録。人間と人間の間に、媒体として言葉が力を持って生きていた時代の貴重な証言録。〈四六判・２０８頁〉**１８００円**

【第61回熊日文学賞】

ていねいに生きて行くんだ 本のある生活

前山光則　小さな旅のエッセイ70本。島尾敏雄、石牟礼道子両氏と生前にも交流があり、特に奄美大島や水俣がもつ独特な風土と彼らをめぐる人々との交流を描いた。大切な人々との死別に際して、ことばがいかに心の支えとなるのかを記した。〈四六判・２８８頁〉**２０００円**

集団就職 高度経済成長を支えた金の卵たち

澤宮優　「働く」ことの根源を考える――戦後復興から高度経済成長にかけての昭和30〜50年代ごろ、集団就職という社会現象が存在した。その集団就職の実態を、体験者たちへのインタビューから明らかにし、市井の昭和史をつづる。**【２刷】**〈四六判・２６４頁〉**２０００円**

[86329-151-5]　2017.5

＊表示価格は税別